亚楠 著

那时我已微醺

亚楠诗选 2014—2018

天星诗库·新世纪实力诗人代表作

山西出版传媒集团 北岳文艺出版社
·太原·

图书在版编目(CIP)数据

那时我已微醺:亚楠诗选:2014—2018 / 亚楠著
. — 太原:北岳文艺出版社,2021.1
ISBN 978-7-5378-6348-3

Ⅰ.①那… Ⅱ.①亚… Ⅲ.①诗集—中国—当代
Ⅳ.① I227

中国版本图书馆 CIP 数据核字(2021)第 004817 号

那时我已微醺——亚楠诗选(2014—2018)
亚楠 / 著

//

出品人 赵瑞	出版发行:山西出版传媒集团·北岳文艺出版社 地址:山西省太原市并州南路 57 号
策划 续小强	邮编:030012 电话:0351-5628696(发行部) 0351-5628688(总编室) 传真:0351-5628680
责任编辑 左树涛	经销商:新华书店 印刷装订:山西人民印刷有限责任公司
封面设计 张永文	开本:787mm×1092mm 1/32 字数:180 千字 印张:7.25
封面摄影 亚楠	版次:2021 年 1 月第 1 版 印次:2025 年 1 月山西第 2 次印刷
印装监制 郭勇	书号:ISBN 978-7-5378-6348-3 定价:39.80 元

西域的忧郁
——亚楠《那时我已微醺》导读

耿占春

一

近期集中阅读亚楠的诗歌时,我似乎读懂了亚楠眼中流露的忧郁。那是一种"正在失散的悲悯"充溢在一个人的心里,源自并非个人生活世界的碎裂感——

> 这岁月一隅碎裂
> 的陶片
> 遗忘在阴影里——
>
> 悲悯正在失散,我
> 忽然意识到
> 此刻我的重就是石头的重,就是
> 内心最后的告别。

什么碎裂了,什么被遗忘,对此,亚楠的诗没有提供叙事的细节,他倾诉的是某种"碎裂"与"遗忘"的状态所带来的内在忧郁,某种笼罩着边地的普遍的忧郁。"我已经听见岩石炸裂的/ 声音。……你有没有注意到/ 那天我的思绪都凝固了/ 就像一座冰雕所呈现的瞬间。/ 也可以说/ 大地在幽深的彼岸集结/……仿佛/ 有人等待葬礼"(《绿眼睛》)。亚楠的《那时我已微醺》最经常出现的事物就是岩石,然而这是碎裂的石头。如《逃离》一诗所写,"突然成为飓风/ 树在颤抖,碎裂的岩石轰鸣"。碎裂的是自我和整个《尘世》,"我在黑暗中就像岩石等待/ 碎裂"。

上述引文的上下文,围绕着炸裂的石头经常出现的是风暴与雷电的裹挟,一改亚楠昔日诗章里充满温情的西域风貌。"花楸树/ 的尾音暗示一个伟大时代的/ 终结。"(《生命树》),对个人来说,一种"恍如隔世"的巨变《就这么来临了》,"我的梦被颠覆/ 成为遗忘的一部分"。亚楠的近作深深纠结于遗忘与记忆之轻,碎裂的事态与内心之沉重。"这静默是/ 裂变后所呈现的场景/ 在盛夏,它用内力撞击/ 但思绪把/ 它从记忆的根部拔出/ 曾遗忘过什么?"(《雪冠》)。

在《那时我已微醺》中,可以说亚楠对时代而言书写着某种隐秘之诗,"显然这就是出发/ 前我所听到的那个秘密"(《隐秘之诗》),或如《叩开老树门扉》所描述,一切都"静默如谜"的世界。这仿佛是《天空的秘密》:"秋天未及遁去,/ 果实还在枝头等一场/ 体面的葬礼。"这是关于现实的隐秘之痛,充满相互矛盾的感受,"尽管一切都过去了/ 或许我等来的结果也并非/ 我之所愿。但毕竟/ 大地是干净的……看不出预兆,却/ 又隐隐传出某种信息"(《小河那边》),当已逝之事物有如"预兆"或令人不安的信息,某种笼罩着边地的"呼愁"挥之不去。

亚楠的诗里隐含着撕裂身心的"最后的告别"之意,它并非仅仅是通常意义上的决然离去,而是跟已扎根于土地那种生活方式的痛苦告别,或许也隐含着与一个时代的告别,或者说,是无可奈何地看着一个相对快乐天真时代的离去。他的内心《嘀咕》着——

> ……星星，花香和困厄的羊群
> 也在思考——
> 守望家园还是赶紧离去？
> 而风打着呼哨就像
> 最后的告别。

一个西域人的生存性命题："守望家园还是赶紧离去？"正在成为西域人一种普遍的生存困扰。无论是在第一代西域人还是已深深扎根的数代普通人眼里，西域都已发生了难以逆转的改变。"荻花开在风里。/ 北雁南飞，/ 就像一座城堡深秋/ 的苍凉。/ 河水下降，一些地方裸露着/ 呜咽/ 仿佛大地带给它太多苦难……"（《秋风辞》）。某种现实像《裸岩》一样赤裸，"但风来去无踪/ 宛若远处起伏的山峦。毕竟这/ 裸露的岩石/ 谁也不可能改变它"。亚楠总是一再感慨"时光无法回到从前"，尽管他说"我早已习惯这些/ 琐碎的事物。鸟声变暗/ 风融入其中/ 也看见寒鸦把自己的羽毛/ 当作神符"（《空间》）。

快乐的美学观光者难以体味西域人的伦理困境，"守望家园还是赶紧离去？"他（她）们在承受着煎熬。"像一头困兽所经历的/ 疼痛和忧伤/ 当一只雪豹到来，风射出的/ 响箭在我体内痉挛"（《十二月》）。在亚楠的诗作中，西域的风物在美学意味之内或之外，转化为一种伦理情感的符号："把最深的痛埋在/ 心底。寒潮忽然袭来/ 雪青马抖落眼里/ 的风霜/ 仿佛丢失的孩子/ 泪雨傍着孤独笼罩整个牧场……"（《雪青马》）。西域的风物变得越来越沉郁起来，"骆驼石静卧风中。/ 它昂着头，眼底堆满沧桑。// 冷暖皆是浮云啊，/ 只有悲伤视疼痛为利器。// 可我看见的场景正承受/ 煎熬——"(《骆驼石》)。但更多的是普遍的遗忘,"可是现在没有人会关心/ 这些,没有人把/ 他的记忆同/ 苦难联系在一起"(《生命树》)。

诗人询问着自己,"苦难之心/ 究竟还能够坚持多久?/ 而这时/ 万物对此置若罔闻《止水》"。亚楠正是这种普遍感受的代言者,他《在大漠中》倍感"尘世若即若离",而此刻,是西域最典型的生物再次提供了无言的教诲——

> 野骆驼是怎样生存的?
> 只看见凄风苦雨
> 在大漠中停了下来,
> 它们把根朝上,并用另一种方式
> 滋润——

不仅是野骆驼,骆驼刺也一样"把根朝上"在严酷的环境下生存,在大漠中亚楠说:"我只能用虔诚/ 温暖自己。/ 只能用澄澈之心呼唤大地/ 明亮……"在诗人看来,这个世界之所以充满凄风苦雨,就是因为温暖人心的悲悯与虔诚正在散失。他看到《那些花凋谢了》——

> 悲悯开始黯淡下来,昨天你用清冷
> 的光装饰自己。
> 用毁灭唤醒辽阔的寂静
> 在我心里。
>
> 可是季节并没改变什么。岩石上,

情绪忽然落下——

他倍感《命运》的压力："……这都是/我们不曾预料的结局。"但诗人依然坚信生命意志"比石头更坚硬，也比岁月更绵长"，磨难，忧郁，困惑，"又能怎样呢？世界如此浑浊"，"让你心绪缭乱，也让一颗破碎的心/进入生命的隐秘处"，用苦难改变了的声音书写隐秘之诗，正可谓"你可以停下来，沉思/人生的苦涩又将发出什么声音？"

诗人忧郁的声音源自于内心相互矛盾的感受，在他看来，一反面是《止水》所说的"万物对此置若罔闻"，与之同时他又看见无人在意的《山杨树》"在草坡上孤零零的样子"，"山鸡紧盯着我/连眼皮也不眨一下。/我当然知道这只山鸡肯定是/对的"。作为观察者他知道"什么事都会发生，/我也应该理解山鸡的心情"，"而你却在想为何我们的心/总是绷得这么紧？"或许诗人感到自身过度聚焦于碎裂的现实，为什么不接受一棵山杨树或一只山鸡的"态度"，或许其间隐含着一种"完整的"世界观？一方面是忧郁，孤寂，颤抖……"仿佛坠落冰河的人/骤然定格在巨大的战栗中"（《斯大林街上空的乌鸦》），另一方面是与之相反的，或许置身另一种更广阔的现实，并拥有山杨树一般的生命意志。

"他的苦痛比岩石坚硬，却比/时间柔软"，时间能够让岩石风化，诗歌却将痛苦发生转化，"那些异乡人，那些枯萎的/思想在奔突中"（《马兰花的忧伤》）。诗人意识到他的身份是如此充满悖谬，在已深深扎根于西域这片土地的时候，突然之间获得了"异乡人"的潜意识，在离开与守候之间选择了后者。因为他怀着落叶一样"对根的爱恋"（《安静地落下》），他在这片土地已像树木一样扎根。

这是诗人无法拒绝的《尘世》，"可我只能沉默只能在寒冬咽下/疼痛",诗人犹疑中选择了守候家园而非赶紧离去,是热爱也是意志让他说出,"就等待一次洗礼吧。风暴/ 把我葬进深渊"。非但如此,这样的岁月、如此的守候与等待具有反讽意味地被亚楠视为一种《新生活》——

  生活给予我的我将悉数
  收下。欢笑与眼泪,情仇爱恨
  即使苦难深重,绝望
  如一次雪崩袭来

  亚楠说,"我也会忍耐/ 感谢生活带给我的痛,辽阔的/ 人生/ 都融入血液",他袒露心迹,"我把悲欢当作过程/ 就像一棵树,风雨雷电都是/ 他无边的疆土"(《新生活》)。在苦难与困扰面前,诗人变得更加坚毅与开阔了:像野骆驼、骆驼刺和孤独的树一样,生活的风雨都是"无边的疆土"。他希望在生活世界被打断之后,从新获得某种连续性的体验——

  如一块石头的声音
  清亮,布满了岁月折痕。

  这说明我是清醒的,
  没有被尘世污染,没有被遗弃

  在混沌的土地上
  我已经找到秘密通道,

"所以我只是窥探草原上/埋没的呼吸"(《从前》)。因此亚楠说,"所以在边地……我一直坚守。/也希望根可以延伸得更远一些"。这样就能"把这片土地当作故乡"——

> 由此我也相信
> 美好事物终会蓬勃生长
> 尽管这还需
> 要时间和足够的耐心

二

诗人决然留下来"守候家园",并将其视为他的"新生活"。他知道"这世界/色彩足够迷人。并且也足够/让人类忧郁",但他也洞悉命运之不测,"巨大的/雪崩随时都会发生"(《那时我很安静》)。"但我只能这样了/在一片茫茫丛林中继续赶路/穿过不同色彩/所以我感谢土地,感谢/阳光带来的安详"——

> 而未知领域像
> 魔术师
> 不断变幻出欢乐,疼痛
> 我的悲喜剧
> 和与日俱增的迷茫

在忧思之中诗人亦欣然接受西域的迷人与令人忧郁,他由此获得了某种安详的心态,并深知《雷阵雨》会随时降临:"我也不知道这忽然聚集的云/预示什么。但它们/一直在聚集、壮大,吸附大气隐秘/的力量",而此后的风雨已经变成了某种"辽阔的疆土","部分就是我还乡的/过程"——

  只是现在某些力量改变了我
  从未看见过的风景

看待世界的目光被改变了,"这之后的热烈也都/归于寂静"(《繁花》);"沙之上有一朵葵花相伴/是幸福的"(《葵花梦》)。在改变了的风景里,一切事物都获得了信念般的寓意,"夜之隐喻使我/能够看见/向日葵都将把头朝向东边",与之同时,他也保持着某种检视信念的警觉,"所以我知道某种/征兆已在更大的背景里/蓄积"(《天象》)。
  由此,他再次垂目于那些灵性的事物,或事物之中隐含着的灵性。那些很轻微的事物变得重要,那些微末之物的符号具有了非同寻常的意义——

  夜沉沉。匆忙赶来的
  雪在窗棂上

  他侧转脸
  回应通红的炉火

  雪也在回应寒鸦抖落
  的羽毛

> ……就植入天空吧。根据雪的走向
> 他穿过大街
> 沉入杏黄色水雾

在诗人看来，之所以值得"守候家园"而非尽快离去，恰恰是因为依然能够从西域辨认出那些具有救赎意味的事物，依然能够感知事物的灵性。"雪也在回应寒鸦抖落/ 的羽毛"，事物之间的相似性似乎隐藏着某种秘义，相似性如同异质事物之间的一种象征交换，落雪与寒鸦的羽毛，穿过大街沉入杏黄色水雾的人，"冬天的雪仿佛/ 恋人在夜幕中透出亮光"（《我曾经是我的影子》），相似性有如"植入虚空"之中的一点未被确认的信念，但已经给予诗人以生活的信心。亚楠在《远眺》中再次注目于这些"羽毛"一般轻的事物所给予的暗示——

> 我眺望云朵
> 把影子拉长的亮色——
> 一个农庄
> 也曾有过疼痛与不安吗？

这一时刻似乎"记忆被尘封"了，诗人并不想打开它，"还可以继续沉默下去"。在此刻诗人的经验中，事物有着明亮的一面也携带着记忆的阴影。"鸟也一样/ 在城市上空，强劲// 的呼吸让天空明亮起来/ 雪就是一种背景/ 也不像这些鸟被时间驱赶/ 多么痛心啊——"（《雪夜乌鸦》）然而，可感知的世界再次给予了诗人内心的启迪："一只鸟在/ 飞翔中滤去它的苦涩/ 和迷茫。"恰恰是在一个苦涩的世界里存在着生命的灵性，一只孤单的渺小的飞鸟，"就用翅膀抵御——这无法预测/ 的风暴啊悄然无声"。

忧伤、苦涩没有消失,然而却与生命的灵性浑然一体,或者说,正是那种孤苦与苍凉检验着深处的灵性。尽管亚楠意识到这个时代"正在失散的悲悯",而他的诗作就正是对失散的悲悯的一种聚集、一种汇聚。他从视野中的一切事物中收集起那种与苦难、惊恐、创伤等体验对应着的悲悯,没有后者,生命中苦涩的一切最终都不能得到救赎。"所以你依托的风诡异若历险/ 之后的灯盏——/ 把惊恐放下吧然后就/ 回到出发的地方"(《黑天鹅》)。

一切事物似乎都被烙上了遗忘与记忆、伤痛与慰藉的印迹,诗人祈愿"情况或许就会好转","但我记住了疼痛有时也是/ 福祉"(《生命树》)。因为人类社会所经历的事件,诗人眼中的事物转换为具有悲伤与救赎的双重意义的符号。

    夜之眼
    用眺望带来空阔
    多么寂静啊,马群在草地上
    就像一组浮雕

    触动我的
    心事。远处云杉挺拔如
    不断长高的思想

    在库尔德宁
    听秋虫低鸣,仿佛大地上
    的战争——

只看见密林和鸟声

记忆在亚楠的诗章中也回响着快乐与悲伤的双重音调,这是诗人怀想的记忆中的时光,"云朵像巨大的/飞船把我带进陌生/释放引力/并在葳蕤中完成了神秘之旅"(《黎明》)。"记忆中杨柳/泛着新绿。远处牧场生长/玫瑰和牛蒡花/老树的精灵/沉思/河水驮着时光,雨燕/把长翅挂在浪尖就像一面旗/这都是盛世/气象啊。也是西域/彩虹般梦境里我的行吟/但现在/花散落一地,秋雨为大地/献上挽歌"(《在记忆里》)。悲伤的记忆也会在不经意的时刻袭来,"清理旧物时残笺/发黄的字句是另一场灾难/带着剑伤"(《界限》);"灯影里/乌鸦在集体默哀。/追忆,或者悼念亲人?"(《暮秋剪影》)。然而在这个充满悲苦的世界里,生命的灵性并没有消失,相反,是一切具有灵性的生命都在受苦。

一切灵性之物都仿佛获得了沉思的特性,树隙中望去的两只雀"仿佛沉思者/看不见自己——","……似乎在高处,那寂静始终带着/充裕的碎银"(《接近尾声》)。"露珠尚在/寂静中打开的玫瑰若有/所思……"《浮游若梦》;似乎连山岩也呈现出思想的形态,"山岭密集的思绪恍若困兽"(《山林》)。而有时,亚楠诗中的忧思不免带上了惊恐不安的事件属性:"此时有一只黑猫/蹿出来/在夜幕中旋转,与风融为一体/它的影子带着闪电//像预言家"(《叙旧》)。

在忧郁的思绪中,亚楠的诗包含着许多自我劝导的时刻。他在《风从谷底升起》的时刻说,"我不会忘记……忧伤……甚至也看不见风鼓荡的/力量。/即便天色阴沉,灰蒙蒙/如冬日雾霾也并没有改变我——/松林和黑斑鸠/以及那条日夜奔流的大河/带给我的忧伤。但现在天空晴朗,向上的风/褪尽大地的迷茫"。在诗人的自我劝导中,风与河流,松林与黑斑鸠都充当了某种力量,"你是对的。荒原上/我可以什么也不想……/ 就在夏夜,在一片山谷把/ 梦留给了闪电"(《乌云压低了视线》)。

亚楠的自我劝慰时常在不确定的心态中摆动,"一个人的等待又能怎样?/ 像季节/ 深处的光亮不断喷涌/ 神性降临,群山与河流都是/ 我热爱的疆土"。在《神性降临》的时刻诗人依然明白相反的感受,"但记忆告诉我不朽/ 就是幻觉/ 在苍茫草色中微微颤动"。尽管如此,我们在亚楠的忧郁声音中总听到一种坚毅的东西,这是那个一直书写西域的诗人在痛苦的经验中走向他的成熟——

不确定性总是
比确定的东西更胜一筹

我进入,为遗忘而生也
为梦不再啮噬梦

诗人不只聚焦于自身的忧郁,他同样关注到普通人的生活状态,如同那些继续生活在《黄沙梁》的人们,这是一些有着不同乡音的人,"他们曾把命运握在手中,把故土/ 存放心底/ 于是沙梁上就/ 有了可以暂避风雨的土屋"。虽然命运"脆弱"而充满"碎裂"感,然而生活依然在继续,"院落里鸡鸭成群,狗吠声/ 唤醒黎明——/ 雪白的棉花呀/ 这黄沙梁的见证者// 在绿色中/ 就像一朵花让我感念至今"。他意识到"思想的冲突来自/ 陌生、愚昧和贪婪"(《生命树》),而对有着不同乡音的人的爱超越了偏狭,更大的力量亦在心底复苏,"所以我并不孤单……大漠/ 涌起潮汐/ 在空阔中奔走"(《烽火台》)。

这是一个沉思者在磨难里对生命的致敬:"这是一片初春田野/ 草木

茂盛，无数智慧之鸟/ 在天空竞技/ 接下来，这些鸟生儿育女/ 却不知道世界/ 如此浑浊/ 不知道险象环生/ 就这么快乐着……"（《沉思》），这些接近天空的生灵格外得到诗人的青睐，它们"带着光亮。鸟声温暖若/ 灵魂的加冕"（《时光隧道》）。这一切富有灵性的生命有如一种康复的力量，或给予希望的符号，让满怀深情守候家园的诗人能够怀着一种信念说——

> 就默默祈祷吧，
> 美是根本挡不住的——
> 那些澎湃的激情终会越过
> 记忆之门。

三

在重大的社会事变之中，诗人犹如在一场风暴眼中寻找内心深处的宁静，以便能够寻找到那些没有丧失的感应力，没有失散的悲悯。亚楠说，"这些年我老是活在自己的/ 影子里/ 并且绵延不断地看见/ 黑影晃动的/ 情形。但我并没有说出来，/ 像一只冬眠的熊/ 所采取的方式。也就是说/ 我还没离开山谷"（《进入冬眠》）。对亚楠来说，诗歌写作有如一种对痛苦的疗愈过程。他在《安静地落下》里说："现在可以说我是清醒的/ 微不足道/ 也比尘世清白。"诗人企图让自己相信人世间"还有值得留恋的风景"，"那些曾经的泪也会/ 静静落下，落下/ 就像空气中的尘埃缓缓/ 融入呼吸"。虽然他一次次《从梦中惊醒》，感到"光从高处射入，/ 无声的哑剧那时也会/ 惊醒"。他寻找着超越令人忧郁的路径，"没有彼岸/ 在风中谁又能看清自己？"

> 镜子在旋转,
> 当世界成为天堂我们都是
> 迷宫里的孩子。

一个人日益"面对空寂"是因为"一些人离去"。即使在《枯坐》的时候他也感受到那些一直存在着的事物,并且足以带有慰藉——

> 留下牛羊
> 西风和缓慢的时间
> 都朝向秋野
>
> 我独自呓语。仿佛
> 有人来
> 将会与我一起诵诗

从这些诗中不难感受到亚楠到内心世界的那种孤寂与无奈,"时光倒流,/我却还没来得及发声"(《谎言》),"但谁都不会改变/既有的事实"(《上弦月》)。不再有西域风物明亮的巡礼和充满友情的欢乐宴饮,从亚楠的诗歌中我们能够看见一个人独处与忧思的那些片刻,记忆中的事件不时闪现,"我经常在梦中看见影子"(《这些影子》);"而远处磷火/宛若无家可归之人的泪眼"(《静夜思》);"我并不知道/回忆的滋味多么绵长。/岁月馈赠我/像切割的土地那么痛/又熠熠生辉"。亚楠的诗思在记忆的阴影与熠熠生辉的西域之间反复地跳转,"我眺望雪宁静的白,像一只雪豹/威猛而孤独……在那里,神圣的威仪/直抵内心"(《春汛》)。

就像任何一种疗愈的目标一样,这是一种力图回到现在的努力,"但现在只有月亮可以/安享孤独"(《万物静默》)。然而就在这些孤独的瞬间,救赎的符号也频繁地出现在诗人眼前——

> 一道光射入
> 谜底。神话飞翔在空中,
> 拯救亡灵?
> 这是众神歌唱的领地,就像
> 洪水撞击岩石
> 的轰鸣。

在忧郁的西域,作为救赎符号的神话与众神再度重现,有如《空灵》一诗直言不讳地表达,"草原所呈现的视域/是神话——/显然鹰的高度可以压低风暴/透迤长梦"。然而这些"空灵"的神话与亚楠早期那种青春期式的抒情风格不同,在亚楠看来,它意味着《浓雾即将消逝》,"这即是神话的归属感/抗拒遗忘……"在一种遽变和灾异性的演变之后,诗人获得了一种特殊的心境。他这样写到一种《迟暮之心》,实则是一种内心的激变——

> 风雨诠释的大地
> 多么寂静啊!从激情中脱胎
> 换骨……

熟悉亚楠的人或许比我能更清晰地感受到他如何"从激情中脱胎

换骨",从青春式的抒情状态到"迟暮之心"的那份宁静,亚楠的诗境变得愈加开阔了,一如"灰鹤在空中/ 没有路的地方却拥有辽阔"(《逃离》)。对此,似乎亚楠有自己的符号转换,如《暗语》所说——

  这是祖传秘密:内心辽阔
  方能走得更远

  从亚楠的诗里可以一再地感受到诗人对"内心辽阔"状态的抵达,他在《独爱荒原》中说,"我喜欢风暴横扫的旷野/ 鹰静止不动/ 而一种力量来自内心/ 的辽阔",即使"古老神话坠落了/ 我依旧喜欢进入雷霆/ 狂欢。云雀的尖叫比飓风威猛/ 即使化为石头/ 灵魂也要空阔,安宁——"。他也喜欢《月光谣》里那种"静静守望","给心一片空阔";"还有我的梦,渡鸦、灰鹤和红草莓/ 溪水缓慢流淌,黑马驹/ 的响鼻融入辽阔"(《蓝色童年》)。内心的辽阔意味着穿越了阴郁的疗愈境界。

  以此完成我的馈赠吧,和你
  古老的挽歌

  如果说在亚楠这里诗歌写作自发地成为一种自我疗愈的方案,那么他的诗让我们开始看到,他已穿越西域阴云密布的时刻,感受到《骤雨初歇》的片刻——

  忽然到来的光
  延续宏大场景所能承载的隐喻。
  彩虹呈现

在西天山腹地，光与影

拥有各自的疆域。
土豆开花了，她婉约
的蕊在黑蜂撩拨下带着闪电
的韵律。

这并非透出光亮
的羽翼。但可以肯定的是
我也用花香
完成一次内心体验

如云握住闪电。
而草尖上，那些明亮的露珠
都是最好的馈赠。

读到这些诗句，我为亚楠感到一丝欣慰，"我也用花香/完成一次内心体验"，不妨把这些隐喻视为一种真实心态的表露，"如云握住闪电"。他之所以能够如此，无疑只能通过一种"脱胎换骨"的写作，如《凝固火焰》一诗所说，"禁锢着却依然在巨大的/视野中绽放"。对亚楠来说，这些隐喻指向的是一种"裂变的词语"：是的，"如云握住闪电"。

就诗歌写作而言，亚楠从沉郁中体味着日益开阔的境界，也领略到语言自身曲尽其妙的无尽《回廊》——

这曲是他转身看见

的语言木栅

延续古风。光环绕的铜铃

在他念想中

摆动。似乎进入了尘封

的典籍

往昔或者曲水流觞

他观望进退

有度。多少不眠之夜啊

内心起伏——

他转身时有一道闪电

与我相遇

  作为一种救赎性力量的载体,亚楠的诗作自觉地增强着对语言的探索,有如长诗《弓月城》对历史的探秘,如何将被淹没的事物擦亮,并将其转化为隐秘的符号,"即便堙没了/ 也有信仰可以擦亮它们。并且/ 就像蓝宝石,和星辰/ 在记忆中存在。而语言已/ 储存了密码"。亚楠在长诗《生命树》里有相似的表达,"我用/ 风的絮语吟诵古诗。也用石头/ 把它的低音射向高空/ 这仪式代表着/ 远古通行的象形文字都以/ 独特方法保存至今/ 并且沿着秘密通道抵达迷宫"(《生命树》)。而终有一日,诗人感到,痛苦的经验得到了转化,有如一种信仰擦亮了经验与语言,而能够让"异乡人驻足/ 把回忆纳入经典"。

但科古琴山上的雪

  寂静。仿佛仙境中纯洁之美
  喂养人心——
  被孕育的思想发光
  普照大地，和夜行者。并以
  诗歌救赎灵魂

  "生命树"会一直生长在辽阔的边地，在诗歌书写中，亚楠正在缓慢地走出西域的忧郁，他看到了"静默把它的绿色眼睛置于树梢/……光华之上布满晶莹的露珠/ 我紧随如虔诚者"(《生命树》)。而我的导读也将暂时告退，因为我知道，亚楠的知音如夜行者会由此步入诗歌的漫漫救赎之旅。

目　录

天空的秘密

003　　羽　毛
004　　尘　世
005　　回　廊
006　　姿　态
007　　远　眺
008　　晨　露
009　　荒　丘
010　　新生活
011　　挖掘机
012　　雪青马
013　　雪夜乌鸦
014　　接近尾声
015　　在记忆里
016　　一网打尽
017　　进入冬眠
018　　天空的秘密

019 安静地落下
020 砾石与花朵

万物静默

023 淡　出
024 星　空
025 初　秋
026 街　景
027 结　局
028 金太阳
029 一堵墙
030 山杨树
031 红柳滩
032 接下来
033 上弦月
034 观萨满舞
035 春日午后
036 万物静默
037 那个寒冬
038 微光乍现
039 神性降临
040 这些影子
041 呼唤雨季
042 梦游者说

043　不绝如缕

044　河水汤汤

045　蒲公英的梦

046　等待一场雨水

秋风祭

049　乌云压低了视线

050　命　运

052　河　柳

053　花　蕾

054　并　且

055　夜　鸟

056　空　间

057　写　诗

058　从　前

059　旅　程

060　宿　醉

061　秋　夜

062　逃　离

063　绿眼睛

064　唐布拉

069　黄沙梁

070　秋风祭

071　西边云彩

072 　凝固火焰
073 　目光低垂
074 　小河那边
075 　回到梦里
076 　迟暮之心
077 　独立风中
078 　河岸寂静
079 　返回密林
080 　褐色翅膀
081 　梦醒时分
082 　西流的大河
083 　讲故事的人
084 　旱獭的箴言
085 　那时我很安静
086 　而秋天是孤独的
087 　斯大林街上空的乌鸦

宁静的河流

091 　墓　园
092 　雪　冠
093 　暗　语
094 　燼　火
095 　游　戏
096 　呼　吸

097　天　象
098　沉　思
099　幽　灵
100　呼　喊
101　磷　火
102　麻　雀
103　光　阴
104　春　汛
105　尘　世
106　蛙　神
107　澄　明
108　眩　晕
109　黑蜻蜓
110　望星空
111　盗火者
112　磨刀石
113　月光谣
114　十二月
115　三足乌
116　单峰驼
117　猫眼石
118　弓月城
136　时光隧道
137　十字路口

138　独爱荒原

139　唯美之夜

140　落叶自述

141　宁静的河流

142　午后的蚂蚁

143　叩开老树门扉

144　闪电划过夜空

145　就这么来临了

146　又能看见什么

147　那时我已微醺

148　泻满大地的水

149　浓雾即将消逝

150　马兰花的忧伤

151　我拥有整个冬天

152　我曾经是我的影子

与一朵莲对视

155　界　限

156　止　水

157　别　离

158　显　灵

159　迷　雾

160　吹　拂

162　空　船

163	繁　花
164	饮马歌
165	归来者
166	远与近
167	葵花梦
168	明月夜
169	飞鸟帖
171	从前诔
173	想起旧事
174	听见响板
175	黄昏牧人
176	冬日午后
177	打开的秘籍
178	在静谧中接近
179	与一朵莲对视
180	生命树

天空的秘密

羽　毛

夜沉沉。匆忙赶来的
雪在窗棂上

他侧转脸
回应通红的炉火

雪也在回应寒鸦抖落
的羽毛

在雪地上仿佛夜幕
释放小精灵

就植入虚空吧。根据雪的走向
他穿过大街
沉入杏黄色迷雾

尘 世

万花筒在时间河床
构筑乐土。仿佛嘶哑的声音步入
幽冥
而他却把自己囚于墓穴

一群傻子嬉笑。迎着风看
音符发光
可我只能沉默只能在寒冬咽下
疼痛

就等待一次洗礼吧。风暴
把我葬进深渊

回 廊

这曲是他转身看见
的语言木栅
延续古风。光环绕的铜铃
在他念想中
摆动。似乎进入了尘封
的典籍
往昔或者曲水流觞

他观望进退
有度。多少不眠之夜啊
内心起伏——
他转身时有一道闪电
与我相遇

姿 态

在岩石上
歇息。天阴沉沉的
像黑色森林
一只蚂蚁正在努力把食物
搬回家

都不易呀
日子不紧不慢
要是灾年里太阳太凶猛
河水干枯了
田鼠也会横行人间

远　眺

我眺望云朵
把影子拉长的亮色——
一个农庄
也曾有过疼痛与不安吗？

可是记忆被尘封，
涛声在
梦里泛起涟漪
还可以继续沉默下去。

你看，一只鸟在
飞翔中滤去它的苦涩
和迷茫。
就用翅膀抵御——这无法预测
的风暴啊悄然无声。

晨　露

昨夜林中风平浪静

月光怀揣的乡愁飘浮，尽显温柔

羔羊睁大眼睛

山楂树刚从梦中醒来

蜗牛开怀畅饮，这玉液琼浆呀

浸淫在惶惑里

我并没有看见影子在

脆弱中抬起头

而花草却躲进回忆

湿漉漉的

荒　丘

红隼迎着风把目光
拉近
风忽明忽暗仿佛无家
可归的孩子

他昂起头目视
兽在喘息。但看不见血渍
堆积的衰草

已露出了端倪
而不远处红隼在云中
看见磷火

起伏的涛声。奔涌又静
如荒野

新生活

生活给予我的我将悉数
收下。欢笑与眼泪,情仇爱恨
即使苦难深重,绝望
如一次雪崩袭来

我也会忍耐
感谢生活带给我的痛,辽阔的
人生
都融入血液

我把悲欢当作过程
就像一棵树,风雨雷电都是
他无边的疆土

挖掘机

时间玫瑰
正在昨天的旷野逃离。
巨臂挥动着
切割
草都黄了,残留的美进入——

而从前,
我听说荒原上芦苇连成片
野鸭成群,黄羊

出没红柳丛。
我已经习惯机器轰鸣带
给我的惶惑——
唉,膨胀的贪欲
又会把人类带向何方?

雪青马

把最深的痛埋在
心底。寒潮忽然袭来
雪青马抖落眼里
的风霜
仿佛丢失的孩子
泪雨傍着孤独笼罩整个牧场
可是呀我知道
暗淡年景也会发光
只是林中有些潮湿,幽暗
就像山鹬在雨季
在夜幕里
倾听风击打秋叶的声音

雪夜乌鸦

它们都回来了。城市
霓虹灯的笑足够让人迷恋
鸟也一样
在城市上空,强劲

的呼吸让天空明亮起来
雪就是一种背景
也不像这些鸟被时间驱赶
多么痛心啊——

此刻我看见乌鸦在
城市上空盘旋,有的也落在了
老槐树上。它们鸣叫
仿佛幽灵
一次次被寒夜追捕

接近尾声

只有一匹白马驮着
暮色走来
云很低几乎与灌木丛
连在了一起

两只雀从树隙中望去
慵散的喙有些
陌生。仿佛沉思者
看不见自己——

"一道出逃的光会淹没整
片寂静"。……似乎
在高处,那寂静始终带着
充裕的碎银

在记忆里

记忆中杨柳

泛着新绿。远处牧场生长

玫瑰和牛蒡花

老树的精灵

沉思

河水驮着时光,雨燕

把长翅挂在浪尖就像一面旗

这都是盛世

气象啊。也是西域

彩虹般梦境里我的行吟

但现在

花散落一地,秋雨为大地

献上挽歌

一网打尽

只有侧光能进入
他的词典。窗楣上风铃滴落
清泪
和古铜色壁橱镶嵌的红玛瑙
王冠嗡嗡嘤嘤
跳着波尔卡舞。一截
影子倒立
从过往中泄漏的光
尤为沉重
但回廊的另一边嗜血的
蝙蝠趁机
把余光一网打尽

进入冬眠

这些年我老是活在自己的
影子里
并且绵延不断地看见
黑影晃动的
情形。但我并没有说出来,
像一只冬眠的熊
所采取的方式。也就是说
我还没离开山谷
在高处,幽暗中的石头
带着潮湿的梦呓
就回到阳光中吧,就用盛开
的花朵
照亮每一片叶子

天空的秘密

昨夜大雪改变了
我的旅程。秋天未及遁去,
果实还在枝头等一场
体面的葬礼。

我按照自己的思路行走,
仿佛困兽
攫取了些许秘密。

显然这只是时间问题,
那么多
麦苗裸露在寒冷中,
我想明年的麦子可有收成?

不过现在天空转晴,
有些迹象表明……一场大雪之后
天空将会更加晴朗。

安静地落下

夜幕降临了,时光把
天空压低。
现在可以说我是清醒的
微不足道
也比尘世清白。
相信我吧,这人世间还有
值得留恋的风景,
那些人,那些曾经的泪也会
静静落下,落下
就像空气中的尘埃缓缓
融入呼吸。
因此我更愿陪伴你就像落叶
对根的爱恋。

砾石与花朵

荒漠中一朵云移动
花蕊
把伤痕埋进梦里。

红柳晃动宛若经幡从心底
升起。这律动
也是空蒙的——

镜子在旋转,
当世界成为天堂我们都是
迷宫里的孩子。

就让影子出发吧,
蹄声
隐约传来黄昏的呜咽。

万物静默

淡 出

乌鸦落在地上又振翅
飞向鹰旋峰
影子带着风填满了
孤独

气流不断切换
临近崖顶
时一束光就切断了归路

若是高处古藤轰鸣
便可以拯救
他们
但现在风有些阴晦就像
巨大的迷离

星　空

夜之眼
用眺望带来空阔
多么寂静啊，马群在草地上
就像一组浮雕

触动我的
心事。远处云杉挺拔如
不断长高的思想

在库尔德宁
听秋虫低鸣，仿佛大地上
的战争——
只看见密林和鸟声

初　秋

忽冷忽热的天空
如一张张脸谱展演才艺。
燕子南飞时
白天鹅就要到来
乌鸦忙个不停。

而墨绿中
透出的红晕携着淡黄——
在丛林里摇荡。
枯枝败叶间色调
表达一个行将结束的季节。
风起云涌，山谷
却以宁静抗拒死亡。

街　景

雪落在梦里。风不停
孤旅者的行囊
就像遗忘。比行人更苍白的脸
再也不能喧哗了

我只是偶尔在街头走走
对于雪总会有人
把夜幕拉开，把情感推向低处

为什么我不想说？
忽然间有好几只寒鸦争鸣
谁都不甘寂寞——
我知道它们
呱呱的啼声并不预示什么
只是我也静观
谎言怎样缀满天空

结　局

我还没说你就走了。
灯独自亮着，可我只习惯于走
在遗忘的路上。
僻静处那么多叶子，向上的力量
像大地一样充实。

我没有更多的理由
告诉你春天其实已经离我们很远，
郁金香凋谢了，只有绿叶
聚集在目光里

用回忆取暖。也用最后的花瓣祭奠
亡灵。关于这些
后来我曾仔细想过。水总要
流淌，就像时光谁也
抓不住它们。

金太阳

翅膀若
闪电让雷霆瞬间跌入
无底深渊
绚烂至极也是悲哀的
就像迷途
我没看清这些背后的影子如此
凶险

狼群与我不期而遇
太阳在高处
并非所有的眼都朝一个方向
释放惊恐。或者
只想在我孤独时喊出你
的名字

一堵墙

对面是小桥流水
朝向东边
盛开的花与晨光互为
表里。日落时
高大的树影映在墙上
有些弯曲
看起来落日就在前边
等一个孤魂

从午夜起一只船
在城中穿梭
有时看见木栅栏,有时
墙横亘
在倒影里。战栗
晃动如飘飞的梦缀满
了桃符

山杨树

我没在意
你在草坡上孤零零
的样子,
而我躲在岩石后面好长时间都
没有说一句话。

山鸡紧盯着我
连眼皮也不眨一下。
我当然知道这只山鸡肯定是
对的。

什么事都会发生,
我也应该理解山鸡的心情
只是空阔的
草地没人可以把它

完整记录下来。
而你却在想为何我们的心
总是绷得这么紧?

红柳滩

这些红柳皆是雨后
彩虹抵达的隐秘通道。情绪饱满的
花朵开在风中,也打开了
他苦涩的记忆

遗忘比一棵
树所能集纳的高出许多
视线之外风拉近
野鸭的激情被视作一次寻根之旅

但现在我并没有
看见你在更空阔的水域
走出迷宫

接下来

显然我并没有做错什么
所以也就不必回首。即便你的呼唤
具有磁性

就用一生确认吧
有这些音符相伴,静静守望
多么好啊

接下来燕子回来了
野果林
无数洁白的蝴蝶
只有月光能够与她们媲美

上弦月

夏之眼廓清了
暗影。一束光穿过岩石
枯草的气息

有些暧昧
篱笆在记忆的夜幕下狂吠
石头聚集的光
可以让微妙的喧嚣停下来

我躲在暗处窥视
稀有金属如何在夜幕里变得
谨慎。但谁都不会改变
既有的事实——

季节缓慢更替,椋鸟开始了
旷日持久的捕捞

观萨满舞

秋阳中的萨满舞呈现
原始力量
沉雄、庄严,仿佛灵魂的火焰
走向不朽

神性的威仪呀,是敬畏
也是感恩——

大自然赐予的都将得到
庇佑。但此刻
我看见了向善之心

就让灵魂获得安宁吧!
招魂曲
就像空旷的原野
明亮,神秘而又安详

春日午后

柳絮落了一地,毛茸茸的
白隐藏不少秘密
一开始我并没觉得
这有什么不好,也没像一只刺猬
探出脑袋——
我敬畏这样的生命

至于河谷里
野鸭和灰兔子都发出了
信号——
释放爱情的季节
你听柳丛中
两只黄鹂正交相缠绵

万物静默

蝉翼在寒露中张开
大网。月朦胧
风绽开的花朵如天籁之音
抵达内心
没有风的夜晚寂寥……黄昏拉住了
云朵
就慢下来吧
我想这一定来自万物,林中
陈年老酒
但现在只有月亮可以
安享孤独

那个寒冬

这是我根本无法
躲避的冬天。下雪时我的父亲
就走了——似乎也有些
预兆。病榻上父亲的嘴轻轻嚅动
有话要说……可是
他已经没这样的气力了

那天父亲
用浑浊的眼望着我
他知道在这个世界上时间已
所剩不多

真希望
能够在他身边多待一会儿
好让最后的亲情一直
伴随着他

微光乍现

熟悉的田畴
渐渐透出墨绿色
没有风
星星闭着眼,似乎风全部
都滞留在梦中

季节疏朗
从时间里泄漏的
光缓慢有一种陌生感
占据了位子

一匹马飞奔
用石头雕琢的云有些昏暗
空间略显不足
鬼火并不代表什么

仅有的骨殖
仿佛在密封的城堡里
撕裂了涛声

神性降临

那时一群乌鸦盘旋
巨大涡流把我带进虚幻黑洞
这火焰
燃烧的激情

进入幻影
一个人的等待又能怎样?
像季节
深处的光亮不断喷涌
神性降临,群山与河流都是
我热爱的疆土

但记忆告诉我不朽
就是幻觉
在苍茫草色中微微颤动

这些影子

我经常在梦中看见影子
这说明落叶
就是为你送行的序曲。而那时
游戏是为了今天
能有一个可以信赖的理由
可是正因为
你的一次冲动我丢失了故乡——

仿佛
雨幕中摇曳的老树抓住岩石
却失去了一只手臂

呼唤雨季

这都是盛夏才有的细节：
萤火虫发出邀请
并听见青蛙在废弃的鱼塘边用呼吸
诠释苦闷

沿童年小溪走进村庄
老母鸡领着一群毛茸茸的小鸡——
母爱让世界感动

也让我渐渐美好起来
草呼唤雨季就像我呼唤黎明
同样具有意义
可我只能这样了
假如风是蓝色的祥云就会
在天边飞翔

梦游者说

穿过篱笆,也拥有绿地
就停泊在港湾吧,像一把刷子留下的
秘密。祖传手艺就是:
孩子们,请不要出门时忘带雨伞

而我似懂非懂,也就是说
春天会用鸟声打开
柴门。所以沉默是一部谁都
可以读懂的旧书

在夜幕中伸长的耳朵聚集了
日月星辰……小船
曾经把古渡的秘密打开

晚钟在林中敲响
这时候风笛摆脱夜露就像临终
的眼。他在说
回来吧我们都是兄弟

不绝如缕

窗外细雨连绵
有一种人间烟火味
这些年我都在忙碌中度过

往事化为乌有
都看不见了,或者时光
本身也将衰老。就像我的父亲

生命的涟漪
是平静的,因为爱之深
也就保持沉默

要说的话其实都已经说了
还未说的就继续
沉默吧。我知道这也是
我怀念的方式

河水汤汤

河水忽然暴涨。情感是
浪花的偈语
却没有人看见一只鱼鹰怎样
藏在水底

故充盈的情绪
在春天用挽歌留住自己
也可以

像久别的亲人打开院门
让爱一泻千里
而我只是一个见证者
那就临渊而歌吧，汤汤河水
度尔余生

蒲公英的梦

我曾经看见细雨
裹挟的忧伤。那时天色有些暗
鸽子开始睡眠
而蒲公英
知道有太多秘密等人去
探险。

风又会告诉你什么呢?

不啻望破裂的梦可以
改变,或者在另一种时刻变得
若即若离。

就步入春天吧
其实我已经这样了,而你又将
飘到哪里?

等待一场雨水

有时雨也是多余的
但对土地来说却又多么重要啊
我在等待季节
更替,和那个谁也无法预料
的结局。事实上大地

如此宁静。又将预示
什么?
而我所拥有的正是昨天
也就是说
思绪进入大潮

更为辽阔的场景
那里雨水充沛,谷物都按照
自然方式排列组合

秋风祭

乌云压低了视线

雷声清脆、明亮
就像鸽哨在高空集结梦幻。
黑云压低了视线这
使我又一次相信雷霆的力量。

你是对的。荒原上
我可以什么也不想,只安静地
活在快乐中——
因为我唤醒的鸽子
就在夏夜,在一片山谷把
梦留给了闪电。

命 运

但我不能说现在的天空
依旧晴朗。冬天来了,又消失在
丛林……这都是
我们不曾预料的结局。可你
毕竟是坚强的,也没有被命运
击倒。我钦佩你意志
比石头更坚硬,也比岁月更绵长
所以你蔑视柔弱,让磨难
为心灵淬火
尽管生活如此艰难,忧郁
充满困惑
又能怎样呢?世界如此浑浊
人生就像万花筒
让你心绪缭乱,也让一颗破碎的心
进入生命的隐秘处
你毕竟走过来了,走过惶惑
绝望之后复活的心
比什么都清澈。就像一缕光
可以让你看见光明
因此我喜欢看见你的笑容
在星光里聚集

独自担当命运的磨难。但现在
你可以停下来，沉思
人生的苦涩又将发出什么声音？
也等待一只手
紧紧扼住命运咽喉——
挺住吧！并微笑着走进春天
远离苦涩。我
相信你的阳光必将照亮屋宇
而此刻，我只能说"用热切的目光
注视雪我就读懂了
那冰冷外表下一颗火热的心"。

河　柳

邂逅在梦中
醒来或许也可以用
晨露喂养，用鲜嫩的光注入你
的花期

簇拥着，并相信未来
同样可以拥有果实的盛宴

但春天短暂
即使还有明天也毕竟都消失了——
正如此刻我并不
知道明天将会发生什么

其实呀这都不是我想要说的
大河两岸
五谷丰登的年景

花 蕾

饱满的激情还没有
释放,却被春寒逼回梦中——
那些蕾紧蹙
仿佛春蚕忽然化作白蛾

而我只看见结局,并没有看见
时间演绎
多么像山雀发出的声音
在屋宇下
在阴影里涌起的花蕾
啊!多么无助呀就像秋蝉
的哀鸣

并 且

我没有告诉你

那一天风是蓝色呼吸带

来的灯盏

时光并不能改变我

良苦用心

在冬季,在一个人心里

也不会改变——

这并非我的错

季节轮回,大地编织的童话

呈燃烧态势

所以我不想再说什么了

但此刻我

只想用安详言说

夜 鸟

啼鸣来自林中
空地上裸露的树根显示出
怎样进入
而昨天我还是热血青年
拥有蓝色梦想。所以在边地

我一直坚守。也
希望根可以延伸得更远一些
这样就能安心地
犒赏自己,就能
把这片土地当作故乡

由此我也相信
美好事物终会蓬勃生长
尽管这还需
要时间和足够的耐心

空 间

今夜沉默是多余的
石头开口说话,并沿着一种思绪
唱起歌谣

我早已习惯这些
琐碎的事物。鸟声变暗
风融入其中
也看见寒鸦把自己的羽毛
当作神符

但时光无法回到从前
木轮下那些不再生动的场景
都回到了
铺满惦念的山谷

写　诗

当我会心一笑
诗就从我手中放飞了
展开羽翼
或者用滑行抓住云朵
地火。这燃烧
的烈焰啊已成为思想
成为爱——
今夜星光绵长，我
潜入水中
让鱼鹰开辟的疆域拥有
花香

从　前

回到从前也就是回到
史前状态。

如一块石头的声音
清亮，布满了岁月折痕。

这说明我是清醒的，
没有被尘世污染，没有被遗弃

在混沌的土地上
我已经找到秘密通道，

休止符……古岩画里塞外人
的游牧方式，

而鹿石伫立的古老秘密
迄今尚未破解。

所以我只是窥探草原上
埋没的呼吸。

旅　程

前面还有什么在等待我
小小的心愿
种子，一抹光浸染的明珠
而树冠上被
鸟声打磨的时光隐逸在
涟漪中

每一个黎明都能
看见影子被黑暗切割
不确定性总是
比确定的东西更胜一筹

我进入，为遗忘而生也
为梦不再啃噬梦

宿　醉

所以我没有往前走
没有在这个夜晚把疼痛堆砌
拥挤的人群——

他们脚步驳杂
有微醺的感觉
但我注意到夜色呈现出诡异
的妩媚

接下来我可以做一个试验——
在蚂蚁还乡的路上
让落叶成为打开的飞毯

秋 夜

或许能看见白鹭
在自己的领地上信步,舞蹈
用虚拟的爱

然后进入下一季,进入风
占领的疆域
而我只是匆匆过客
迷宫里的孩子

等着你,等着救赎
用清亮的笛音引领我憧憬
花影幢幢
其余都是闪光的露珠

逃 离

突然成为飓风
树在颤抖,碎裂的岩石轰鸣
整个世纪都过去了
灰鹤在空中
没有路的地方却拥有辽阔
朝向大河源头
所以灵魂之外风是唯一
的证词

绿眼睛

我已经听见岩石炸裂的
声音。不管怎样
都会带着最初念想进入春天。
你有没有注意到
那天我的思绪都凝固了
就像一座冰雕所呈现的瞬间。
也可以说
大地在幽深的彼岸集结
一种从未有过的色彩……仿佛
有人等待葬礼。
所以就像从前我曾经
对你讲过的,那时我们都
是一粒粒种子

唐布拉

这玉玺在西域
苍茫的暮色中沉浮。它的辽阔
被阳光加持
像一只鹰自由飞翔
也把苦涩的灵魂托举。三叶草
或者花楸的火焰
燃烧……这金色秋天呀
不眠之夜

对于众生草原宽阔
有足够的雨水,天风鼓荡若神灵
打开它的蓝色宝瓶
穿梭于太阳圣殿。则库河
清亮的涛声
呼唤我在青铜的辉光里栖息
若大唐行吟诗人

风光无限也只是
读懂了风景。而八千里江山之外
我又能读懂什么?
时间汇聚的场景依稀可辨

在孟古特围猎场
竞技的号角此起彼伏
但我相信岩石上的图腾
已被重新破解

炊烟已经升起
驯鹰人用古老的方式豢养
忠实的家奴
而草原上空山雀以欢乐透支
生命,和虚拟的旅程
也延续古牧道
旖旎的胜景。繁花扑面,野骆驼
眼里落满风尘

花开花落都是草原
寻常事……月有阴晴圆缺,太阳
每天照常升起
就像巴合提汗的羊群
他们早出晚归,年年如此
生活就是这样——
在阿克塔斯牧场,鸡鸣狗吠
装满安宁日子

阿布热勒山
银冠闪耀。众神赐福的地方

吐曼河静静流淌
两岸的松林、白桦与山杨
都在岁月深处
汇聚闪电……而诗歌的芬芳
被圣泉照亮
在巴尔盖提寂静的夜晚
守望年轮
就等待虎啸山林吧，宛如一声响雷
把古老的草原唤醒

山花摇曳……天边
绵延的地平线在唐布拉的
神话里滋养
百灵鸟歌唱，云雀用整个草原
接纳干净的灵魂
远眺阿冬萨拉散雪峰
思绪杳渺，仿佛进入时光隧道
追溯远古奥妙
啊！安德罗诺沃文明的火种照亮了
大草原，也把
青铜的光焰铸进这方水土

或者在索孜木特萨依山谷聆听
松涛阵阵……喀什河
雄浑的交响曲

穿越时空。而草原用辽阔汇聚
万物,和悲悯之心
也看见了阿克塔斯宁静
的时光……山花一直朝前铺展
这色彩的潮汐
如光在花海中镌刻辉煌

所以古墓群
湮没于时间里……就像破碎的陶片
传递人类久远的信息
但毕竟都消失了,无影无踪——
他们曾经生活过
在这片草原辛勤劳作
安享宁静
……都消失了。安德罗诺沃文明
的曙光湮没于时间里

但阿尔斯郎雄伟的
山峰见证了繁华与凋敝
千古事,都在轮回更替中完成
山河依旧
只是,他们已活在岩画中
因此呀悲欢离合
这人类朴素的情感终将

回到源头
回到骆驼石的呼吸和那
生生不息的草原

黄沙梁

有一道光来自
黄沙梁，来自不同乡音的人——

他们曾把命运握在手中，把故土
存放心底
于是沙梁上就
有了可以暂避风雨的土屋

生活艰辛，仿佛不经意间碎裂
的梦
多么脆弱啊！可他们依旧
主宰自己的命运

院落里鸡鸭成群，狗吠声
唤醒黎明——
雪白的棉花呀
这黄沙梁的见证者

在绿色中
就像一朵花让我感念至今

秋风祭

我所面临的是我
在一次徒步时经历的场景
或许
整个山谷都沉浸其中——
草渐次枯黄
风带着刀剑的微笑
假如我可以哭泣
那么此刻我更愿意回到
绿色童话
回到一棵草的梦中

西边云彩

云垂挂西天,火焰
把梦推向极致。山脊进入风中
就顷刻失去了色彩。
而河岸边麦田呈现的魔幻
看上去

代表着一种倾向。
岁月蓄积光亮
有时,我跟着感觉走
远处那些名字,和昨天的话

都被风收藏。这意味着
向西就有了理由
宛如野骆驼
所经历的,沙尘暴在昏暗中
老树被折断筋骨

凝固火焰

禁锢着却依然在巨大的
视野中绽放
喷射来自信念和时光
时深处
裂变的词语。而沉默
代表激情
火焰穿透的岩石

也穿透我的梦
死亡不再蛊惑一只鹰寂静
的飞翔
就收获星光吧,晨露
却看见
群山的秃额上赤红色
裸露的谜底

目光低垂

我一再压低目光只是为了
看黎明前的那颗星
命运底色,以及静默中缓慢
延伸的阔叶林
这应该是一种预兆
在鹰的眼中,你只能消逝在云里
而云本身是空的
皮影戏已进入高潮
当我唏嘘时
发现整座山也是空的
所不同的是
你不来我只想缩回到梦中

小河那边

尽管一切都过去了
或许我等来的结果也并非
我之所愿。但毕竟
大地是干净的,一如星光下
夜莺的安详

在这多事之秋,比如风
涌来又忽然间
把光射入了花丛
而这些都是你已经谋略好的
看不出预兆,却
又隐隐传出某种信息

回到梦里

从高空跌落的种子把
玻璃钟罩打开
无数次离去,又返回就像月亮的
潮汐。我曾离开过
意念的花瓣
宛如黑蜂偷袭花蕊——
也曾游离于
时间之外……所以种子
即是命运

迟暮之心

背信弃义的蜗牛
蛰伏就说明风快要来了。
叶子的黄代表着
一种情绪,
或者用长矛把云朵刺穿
把河流截断。
即便我不能延续
犁铧,篝火以及脱粒机的轰鸣
也将等待明天。等待
风雨诠释的大地
多么寂静啊!从激情中脱胎
换骨,水面上
鱼鹰已窥视了许久,但现在
并不急于出手

独立风中

人类的向度比
世界本身更具模糊性
即便如此风向标也不容置疑
关键是
我们怎样发现问题
有时风从西边吹来又忽然
改变了方向。或者
从东南方斜掠着进入空阔
的羊群，三叶草
和黑色森林
但世界却总是林欲静而
风不止

河岸寂静

高台地上混居着
野草、阔叶林,以及马兰花
编织的童话
夕阳攀缘的河流
以生动表情咀嚼往事
燃火犹在,仿佛晨钟暮鼓
有人已经离开了
我还在继续
也并非黑夜
都将罩住思想
和许多未曾破解的秘密
若一种疼痛
深及骨髓却又根本无法
说出隐情

返回密林

没人看见这些枯草
在风中抖落
有人进入松林,进入
欲望蔓延的水域,和草原狼
的号叫

在一次偶遇中
找到同路人。和闪电的
慈悲

我回到山林的初衷就是
与影子互动——
群山
都消逝于凝望中

褐色翅膀

当你进入我的视野

如一片羽毛

在雨季

用呼哨撕裂天空

以至坠落时

也能预见风迅猛的势头

进入空阔

次生林掩藏的秘密已经剥离

但它用

自己的逻辑开疆辟土

雷声愈远

燃烧的心就愈近

梦醒时分

我眼中的盐之于
一次邀约
并不喧嚣啊。也仅仅因为寒夜
生命跌入了空谷
在风中独自
谛听秋叶发出的指令
比如此刻
我在岩石上抖落了苍鹰
的秘密

西流的大河

通衢田畴
四季在梦中释放它的年轮
火的预言，两岸
稻菽堆积亮色
开阔的水域把视野拉长
延续了
经年神话
生命开花结果，风汇聚
才子佳人都
在沉思中独自妩媚
但它穿越的城池有一道祥光
拥有它
人类的大悲悯

讲故事的人

没人知道开头和结尾都
埋下伏笔
狗熊沟曾经是伊犁将军
狩猎的场所
茂密的植被掩盖了
虚拟图景
布阵、出击和所有环节——

棕熊悠悠然缓慢
前行
仿佛山谷唯一的主人
但后来
狗熊沟一年比一年苍凉
荒芜绵延
讲故事的人没了下文

旱獭的箴言

又能怎样呢？喧嚣
已渗入草原，物欲的快感超出了
想象。所以就告诫自己：
对于旱獭
人类比狼群更值得警惕

就退避吧，退到更远的山谷
或许还能如从前在溪水
边播撒爱情——
可堪忧的是人类的
腿比我们长啊，也比风凶猛

那时我很安静

不用说什么了这世界
色彩足够迷人。并且也足够
让人类忧郁
比如雪缓慢骚动,一场又一场
落个不停
把山谷堵塞,把生命推向
看不见的深谷
而阴影
持续的时间正在延长
命运随意涂抹
就可以像一把锯子
把生命缩短。其实很明显
巨大的
雪崩随时都会发生

而秋天是孤独的

打开画册
那是一只万花筒呈现的幻影
在雷霆中放大了
理想

我渐次登临若一棵树
走向命运
的另一端。因此风让絮语
在背面发光

显然这一季被放大,遗忘
在迷宫里
与我一起徒劳地举起手
多想看你一眼啊
这尘世
如你最初的体温一直保留
在我记忆中

斯大林街上空的乌鸦

清晨的一场雪让大地
瞬间安静下来
而斯大林街,三三两两的行人正在匆忙
赶路。天空灰蒙蒙的
就像忧郁
多么孤单啊!并且
也没有人回过头来朝它们
瞅上一眼
乌鸦在树枝上瑟瑟
颤抖……有的在低空盘旋
持久地
仿佛坠落冰河的人
骤然定格在巨大的战栗中

宁静的河流

墓 园

一枚枯叶在风中
缓缓落入泥土,落入一次深深
的眷恋

守望者伫立
幻影使我想起一次穿越
面对着
曾经的泪与笑,以及

那不曾淡忘的人
都越来越少。在行走的路上
该放下的就放下吧
若一棵草
愉快地告别大地

雪　冠

这静默是
裂变后所呈现的场景
在盛夏，它用内力撞击
但思绪把
它从记忆的根部拔出
曾遗忘过什么？
似乎雪已用自己的方式
做出了回答

暗　语

就像密码被破解
开始用心体察一种声音
若初夏
忽然到来的风暴让人
无所适从

但眼神并不黯淡——
这是祖传秘密：内心辽阔
方能走得更远

燔　火

茇茇草缀满星光
空心人
带来的问候。但依旧看不见风
让夜鸟张开翅膀

比如萤火虫在舞蹈
看起来神圣
或者说就像野罂粟的美艳俘获了
天山黑蜂

却只是
那些逃亡的生灵陷入困境
多么虚幻啊盛开的
雪莲
已向我发出了邀请

游 戏

风的长笛酷似胡笳声
一队铁骑驰过
刀光剑影,云聚云散的梦
若午夜的追杀

而不可抗拒的风抵御严寒
固守的寂静
我被风暴扼住咽喉
如一场
始终没有结局的游戏

呼　吸

但我只能这样了
在一片茫茫丛林中继续赶路
穿过不同色彩
所以我感谢土地，感谢
阳光带来的安详

而未知领域像
魔术师
不断变幻出欢乐，疼痛
我的悲喜剧
和与日俱增的迷茫

天　象

夜之隐喻使我
能够看见
向日葵都将把头朝向东边

但我还是
觉得这年头非同寻常
或许我只是看见了风吹皱
的涟漪

所以我知道某种
征兆已在更大的背景里
蓄积

沉　思

这是一片初春田野
草木茂盛，无数智慧之鸟
在天空竞技
接下来，这些鸟生儿育女
却不知道世界
如此浑浊
不知道险象环生
就这么快乐着，满怀深情
而我只想做一只
快乐的鸟，只想保
持好一朵云最初的清白

幽　灵

我知道尸骨在风中
散发出的气息。而时间延续的
火焰在跳荡——
岩石背后的阴影
格外神秘……就像一把古剑
带给我的惊惧
所以我仔细端详尸骨下蚂蚁
搬运的时间——
这也就意味着蚂蚁已经
拥有了胜算

呼 喊

当我说出自己的名字
那一边风也
在喊我。就等一场暴雨让
鸽群穿过

在高空把自己隐蔽起来
等一只蝙蝠出现,等夜幕用耳朵
捕获你的踪影

但没有结局——什么也没有
木屋空旷
寒气掠过屋脊,偶尔
也能听见松涛的怒吼

磷　火

这明灭转换的过程
提升了想象力
荒野在魔幻中持续爬高
空枝上
只有黑暗长出几颗尖利的牙齿
啃噬人间
不能让黑暗恣虐啊，不能
让骷髅
打开像一场风暴
就返回吧。或者在夜幕中
撷取幻美的花朵

麻 雀

它们在谷仓里——
凸显时光。仿佛隆起的土地
长满了苦艾
但麻雀蹦跳着
就像一群顽皮的孩子
透过光
装满童年的贪婪

光　阴

霓裳滑落在暗处
他用哑语告诉我关于春天的
秘密。花开了
人们已经完成葬礼

在视野之内
这说明逝去的都无法返回
那就好好珍惜吧
像一匹狼在巨石上把
月亮喊出

春　汛

相思的闸门打开,洪水
以它的淫威把万物
蹂躏。那时在铁力克达坂
我眺望雪宁静的白,像一只雪豹
威猛而孤独

阳光迅速集结。沟壑
张开大口
吞噬残梦和群山的呼吸——
在那里,神圣的威仪
直抵内心

尘 世

时间构筑的乐土
仿佛嘶哑的声音步入幽冥
走进墓穴
像一个傻子在歌唱。迎着风——
明亮的音符
只能在这个夏天被我
遗忘
等待风暴攫住
我在黑暗中就像岩石等待
碎裂

蛙　神

进入枯水期
古老河床，绿叶镶嵌
的花边新闻
在倒退的时间里。咕噜声
追着黑蝴蝶
融入枯萎的花蕊

雪线在阳光折射下
越过穹顶
与神圣的呼吸相连接
就宽恕他吧！
水承载的万物在
记忆中
但进化论也无法破解这个
秘密

澄 明

在宏阔背景上黑衣人
御风而行
金属框架罩住的翅膀
和不明飞行物
隐遁在月光的长河里
斑驳碎影与
尖叫声
都回到它原初的状态
亲人们嘘寒问暖
青桐树上逗留的喜鹊瞅着
像使徒
怀揣的信仰
喜悦溢于言表
在属于他的夜晚穿过
静默的美

眩 晕

我沉于缓慢
和簌簌声。苍凉遍及树冠
战栗
被一群乌鸦收藏

这肯定来自另一极荒诞的
逻辑。发作时
抓住了细腻的雨丝

从前我羞于表白
羞于被尘世裹挟是因为世态
炎凉?
也没有更好的地方可以
逗留
所以我停下来好让自己
不再眩晕

黑蜻蜓

黑蜻蜓降落的
时候我刚从睡梦中醒来

翅膀挂在云中,仿佛落潮时
的眼神

有人听见风言风语
从低处传来,又回到更低的地方

但耳朵并没有坚守到天明
所以也只能等候

假如春天来了我
就与你一起上下翻飞

望星空

一只鹰在高处向外铺展
它的亮色延伸了

雪域的想象。夜幕下天空
巨大的
迷宫由一颗心构成

在未知领域,我小心翼翼
抵御所有风暴

但星空诡谲而迷离
仰望
大风卷起一地苍凉

盗火者

在石头上灼烤
就慢下来吧,应该正是时候
但有些话还不能说

远处灯火跳动
陌生人沉醉在春梦中
也有人
回到了神话绽放的地方

所以我不曾看见
鸟鸣和花香。但现在雨季
朝前蔓延
就像狼群出没的山林

磨刀石

地火在锋刃里奔突
燃烧
来自暗夜的高蹈
和陷阱
穿过无边的寂静
黑暗裹挟着
在午夜一只大鸟
让寒冷的旷野不断堆积
青灰色岩石
所以荒原上人心比
天空辽远

月光谣

皎皎月兮凌空于山巅
用顾盼的目光抚慰众神啊

她的儿女们衔接于荒芜之地
呼啸的风迎面穿过

哦,我曾迷恋你的芳华
就像水轻轻拍打

在清辉里演绎旧梦吧,让心不
再孤寂。也等待你

开启门扉,那是我的福音呀
凌空而又灿若星辉

就这样静静守望啊
给心一片空阔,大海扬波

以此完成我的馈赠吧,和你
古老的挽歌

十二月

又一场雪降临。混沌中
鸟来到古老牧场
洁白统领
如一匹马回到故乡。风点缀
的魔术师

以及雪大王
等待一个漫长过程——
魔笛响了
像一头困兽所经历的
疼痛和忧伤
当一只雪豹到来,风射出的
响箭在我体内痉挛

三足乌

它啼叫如磁性水波
扬起一股巨浪。扑向天空的
排箫声迅速
集结在交谈中。或者
扑向升起的风帆。请记住吧
打击乐,灯塔
都能唤醒我的快感

单峰驼

时光若一种
向上的冲力持续涌动。这
就是另一种光

但我也不这样认为
那些阴影里可感知的万物
都会朝向源头

就等于说荒原
也是可以感知的光
如何界定昼夜?
或者像河狸
把鼻子伸出水面
触摸尘世细小的涟漪

猫眼石

黑暗中潜流
在水晶注视下伸展。预言家的
刀斧挥舞
像蓝色狂想曲

曾经的痛,律动
皆沉湎于古音韵学内部
的吸附

也透着光晕。灰绿色
生成的影像迈向蛮荒之地
如同静穆本身
根据某种原理旋转

的陀螺……沿逆时针
坠落——
你看吧他的眼闭合,又
缓慢打开

弓月城

一

但我知道四月在
绚烂里打开天门。三叶草,和流水的
踪影。汇聚祥和……大地上
岁月峥嵘。勃发的草木
在薄雾中向上生长
欢愉仍在继续,惟时间
把它们收藏。仿佛世外仙境
人生苦短,清风
朝着绿叶吹拂。承载的手次第
完成,如一场盛宴

二

果实由于他的内敛,等待
涂抹油彩。
铜号静默,天空涌起波澜。一匹马
在屋檐下张望,
细雨在拉他的小提琴
一万只手伸向苍穹……

是的。季节已经无语，
人们来去匆匆，仿佛潜意识在
黑暗中抓住套马索。
但毕竟风来了——
梦中人跃过栅栏，并让晨曦
作为前世的犒赏。

三

接近她。黄昏的翅膀
在云朵之上。接近蓝色小夜曲
和她隐喻的天堂
将出现在小说叙述中

但丝绸之路朝前延续
远方。巴尔喀什湖静谧的涛声
隐含在岁月里
若芦苇花迎风摇曳

也契合了我的想象
往事盘根错节。河水汤汤
在时间印证下
他将开启绿色通道

四

请记住吧！杏花雨
的梦在宫阙中。他延续着一场
狂欢之后，黑蝴蝶

点燃春天的灯盏
大山雀回来了，在花园里瞅着
她的白马王子

四月刚刚开始
花谢花飞。人间事尽在不言中
但潮汐就像心绪

在风中扩展。离愁
也一样，用完美的剥离把
时光扫除干净

五

我想起遥远的金城商贾
云集。追梦人

用他的梦打捞黄金和意中人
柳絮传递

的诗笺，在夜莺的情歌
里开花结果

也相信龟兹乐舞
用持久的光亮涵养魂灵

这不夜城啊，美酒以虔诚
之心抹去孤独

但我记住的，时间
也会记住他们

所以在情感的张力之外
我相信沉默是金

六

可是杏花热烈
就像狂欢节。绽放只是一个
动词，被挟持

的风在落日里恍若剪影
也以清晰的轮廓
把四野镌刻于夜幕

照壁上，那游弋的
鹰隼并不孤单。甚至也如同
天狼星的梦幻曲

七

继续攀缘。科古琴山
逶迤的峰峦，以及牧马人的
长鞭。在苍凉中
涌起波澜又滑落如一段
恋曲。但并没有
彰显就像夜莺明亮
的翅膀
或许也将随风起舞。而远处
他宣布大功告成

八

我怀念往昔，这碎裂的
陶片里的回声。大唐诗韵，以及
不夜城……宛如庆功宴
在夜光杯里驰骋
而战马阔步，淘洗岁月若
闪电摧枯拉朽——

并以此为起点。它呼啸着
穿过茫茫大草原
因为苍凉并没有吞噬它。幻象
的高塔耸立在星河
源于澄澈。听吧！这云雀的
叫声让人销魂

九

所不同的是弓月城
的陶灯，镀金铜佛，阿拉伯银币
都深埋在泥土里
和废墟中隐约可见的王者
时间记住的也将被
土地铭记。因为我相信命运
相信一切发光的灵魂
必将发光。即便堙没了
也有信仰可以擦亮它们。并且
就像蓝宝石，和星辰
在记忆中存在。而语言已
储存了密码

十

穿过雷声，白杨林

翠绿的絮语被雨水吞没。它显形
于绝壁,古老的根
是王庭的权杖。它顺水而下
在谷物中集结
并撑起一把巨伞

混合物。一次出征
影响深远。洪水和马刀
亮闪闪……
这碎裂的陶片在荒野
若记忆。无言
却让内心的版图明晰

十一

吉尔格朗河透明
有如蝉翼。顺水而下,白蝴蝶以
清幽的芳香示人

圣洁之心日益晴朗
穿云破雾,仿佛仙乐缥缈在
爱神的光焰中

放慢脚步像一个
追梦人。他沉思的彼岸是

锯木厂,和鸟群

迁徙的绿色通道。因此
在花市那一边,异乡人驻足
把回忆纳入经典

现在人们只记住了
神话。而那时弓月城宛如
龟兹古乐

十二

事实上在西域
天空下放牧想象,如同太阳鸟把
黎明悄然打开
它虚实相间,绿野撑起的伞
被刻在石壁上。一支
神箭穿过积雨云……天空豁然
开朗。众生得以安养
人声鼎沸,沿着吉尔格朗河
野鸽群正挥洒祥和

十三

所以科古琴山一直延续

小夜曲的辉光
环形思绪。或者野菊花、蒲草
编织的王冠沁满馨香
饮马黄昏,羌笛
在清幽里泛起涟漪

也把思恋带给远方
天涯海角。踏着夕阳的余晖
进入不眠之夜
城堡里胡旋舞正以不同的
方式挥霍爱情

十四

死亡的意义在于,时间
已完成了给予。该遗忘就遗忘吧
也不必牵挂,人间事
皆在遗忘中回到它的源头

比如记忆也是
一组等差数列。它的矩阵在
时间里完成
所以土地记住了他们

我相信火焰,神话

是其根脉。当星星张开眼,阔叶林
仿佛静谧的时光
它通过信仰打开帘栊

因此,杏花是春天的请柬
环绕情诗打开
勿忘我和晨曦隐秘的
情怀。也相信

爬地松的梦
在低处比天空明亮。并且
若野薄荷携着落日
涂抹迷幻色彩

十五

而弓月城在古陶瓮中
生长。荒野的呼唤
在异地,从前我曾向往过。甚至
也以驼铃构思梦幻曲
大唐的余韵犹在
金戈铁马犹在。可是寒鸦
清脆的鸣叫
却被一段往事缠绕
请记住吧!伊塞克湖,白轮船

正驶入遗忘中
送君一醉天山郭
是的。我相信岑参,相信
暗火潜烧的热海
碎叶城,因李白而缥缈

十六

季节转换的余韵呀
杏花开,人们打开了窗扉。显然
她蕴含的美被剥离
我抵近观察
如蜗牛的触角。也独立于
春花追忆的城堡

象形文字?
或者在古籍中长眠。可幻想
因孤独而沉湎
需要说明的是,果园
编织了图谱。这族群一直延续
它古老的习俗

十七

辛勤劳作者,他的毁誉

映在古岩画中
虚幻？或许吧。但我并不相信赞词
能够在废墟上创造
蓝色神话。因为道家的
推演恍若梦魇
黑蝴蝶落入花丛。忘忧草在
枯竭的沟渠中聚集
它童年的陶片
像老磨坊旋转的木轮。碎裂的
浪花触及灵魂
马蹄声沿一道细线挺进
沉默的狼毒花
把犁铧放进圣洁的殿堂

十八

进入秋天。蝉已经休眠了
风继续开着夜车
相信命运的人
在枯黄的落叶下呆立
像一尊雕塑把
沉郁的表情安放在灵魂里

土地显得恍惚
颤抖。夜游者小心翼翼

迈进停尸场
仿佛四月的花瓣在寂静中
追赶落日
和日渐幽暗的时光

十九

哦！弓月城从远处
进入视野。静静流淌若往事
泛起的波光

幽梦里，杏花飞。飘飘洒洒
它演绎的青色唱词被
山神烙进天幕

也存在于想象中
迎着月光，让起伏的心绪装
满岁月的重。以及

无法破解的谜
显然，黄昏并没有被遗忘
就像野鸽子的叫声

持续升温。黑旋风
以高强度潜能举起黄色大旗

如耸立的古塔

二十

也必须记住蜂鸟
袖珍的眼。她忽闪着,雨幕中
细微的啼鸣——
这季节草长莺飞
欢愉的人群被时间扩展若
麦西来甫缤纷的
色彩。明亮中她旋转

若风的影子
在想象里自由驰骋
时光凝固了,思绪悠悠
渴望幸福的人
把瞬间握住。所以呀月光
就是她的童话

二十一

蓝马车的秘密
是鹌鹑唤醒的花朵
你看吧,紫色薰衣草
和大白杏,红苹果亮闪闪。清亮

的梦在延续,梦中人
用柳笛表达爱情

但科古琴山上的雪
寂静。仿佛仙境中纯洁之美
喂养人心——
被孕育的思想发光
普照大地,和夜行者。并以
诗歌救赎灵魂

二十二

我想象着诗人
应该是具有灵魂的人。应该
像一个智者对于
他所爱的土地心怀感激

不要说,不要
在混沌中自我抛弃。不要把
心留在荒野
所以大地是多元的

没有人会说,没有人
把意念强加给我。但春天——
因为春天,爱是

唯一能够记住的音符

二十三

进入盛花期,进入
花蕊在暮色中。缓慢呼吸
若春天的心脏
她舒展长袖,杏花雨
飘飘洒洒
像思念在迷宫里。微醺
的落日映红了
丝绸之路……等待
碎叶城的马蹄声穿越
青青草色
以及漫长岁月
穿越他内心的痛,和迷茫
弓月城呀,向晚的
黄昏直抵山谷

二十四

时间收留了他
在异地,缤纷是可疑的场景
没有万花筒,神话
缓慢堆积。也在草尖上

啜饮雨后的彩虹

把影子拉长

他的呐喊碎裂。马蹄的

嗒嗒声隐入荒芜

鸡冠花，或者矢车菊

呼唤她的同类

像回声。远与近其实都一样

思绪依旧恍若炊烟

但时间收留了他

在异地，这可疑的场景

二十五

暮色里，寒鸦

以预言家自居。它栖于高枝

等待黑夜，仿佛流水

的长笛吹奏

牧马人怀揣梦想，和他

古老的套马索

像一次偶遇。青草

在摇晃。在夜幕中打开天窗

并以此为背景

展开叙述。春天

消逝了，爱情还在羞涩的

舌苔上轰鸣

二十六

返回语言巢穴
龙卷风,刺猬和鼠兔一起眺望
他可爱的故乡
在云之上。青骢马长嘶
如一支响箭
在云端。暴动的雷霆
摧毁城堡
也被欲望推向深渊。常春藤
以赤子之心呼唤
四散的云朵被他挽留
像久违的亲人
或者转过身,用一杯浊酒
镌刻神圣的碑文

时光隧道

进入山谷
河流被夜幕遮挡
仿佛秋蝉在树上沉吟
迷茫
带着光亮。鸟声温暖若
灵魂的加冕

紧接着
狂风暴雨骤然而至
它所蓄积的力量强大……让
记忆改变了最后
的方向

十字路口

可现在我也
不知道该走向哪里
所以我希望停下来,像一次逗留
有一种
穿越时空的美感

可是这已超出我的预期
不断跌落的相思
回到春天,麦苗返青
雨就是最初
的歌谣。也融入了

黄昏……就像你的影子
神出鬼没

独爱荒原

我喜欢风暴横扫的旷野
鹰静止不动
而一种力量来自内心
的辽阔
古老神话坠落了
我依旧喜欢进入雷霆
狂欢。云雀的尖叫比飓风威猛
即使化为石头
灵魂也要空阔,安宁——
就像这尘世
"没有爱,何以生?"

唯美之夜

明亮穿过雨季之后
另一场雨正聚集在开阔地带
这就是明亮本身

对夜空的悼词
但他对世俗持一种宽容态度
比如秋天
树叶枯萎了,又一次次

与岁月重逢……爱是
不老的话题。也可以转过身去
星光闪烁
谁也没说出那句偈语

落叶自述

该走就走吧
世界浑浊，也没有什么值得你
留恋。曾经葱郁过
绿色心情，小鸟飞来了
用她的温暖
所以我与你一起歌唱
让彼此的爱传递
更远
现在我已经习惯沉默
习惯看你离去
的天空
即便我只是看你一眼
没来得及诉说
但此刻我想该走
就走吧，带上我的呼吸

宁静的河流

水雾在月光里
扩散的声音显得有些不安
河狸探出头
把喧嚣倾入夜幕

梦的颜色都是亮闪闪的匕首
插入泥土
也有散落的乡愁在
月光下回收

多少年来我一直想
假如风可以改变什么,就像命运
堆积的沙洲

静静生长,却不想看见暗流
汹涌

午后的蚂蚁

林中空地上一支蚂蚁
大军长途跋涉
就像天边云朵发出了邀请
躲过黑暗
和风暴的漩涡

这古老的疆土呀
入侵者昂着头仿佛走进乐园
弱肉强食
都是侵略者奉行的逻辑——

这时候蚂蚁急匆匆
奔赴前线……它们也和人类
一样捍卫疆土

叩开老树门扉

河水咆哮,大地呜咽
不断压低的闪电
疼痛
深及骨髓
但我只能用沉默叩开
老树的门扉
就让命运之手伸出
比虚空更深的空罩住他吧
……亲人们啊
也不知你们都去了哪里
此时此地
唯有一只年迈的狗在屋前
静默如谜

闪电划过夜空

我忽然觉得狮子
吞噬了月亮
光的背后无数萤火虫采集磷火
从天而降的燧石其实
都是多余的
但现在，我已经熟悉了
所拥有的困境
收获苦难
所带给我的蓝色火焰也
是一次洗礼

就这么来临了

就这么来临了,不动声色追忆
使我能看见自己
而雨幕倾斜恍若隔世——

毕竟也是一场没有结局的惦念
渗入植物底部
但彩虹
在春天吐蕊像蛇信子

我的梦被颠覆
成为遗忘的一部分。有人说我
只能是我自己,甚至连
一棵草都不是

又能看见什么

静默是
秋天在水中把影子握紧
很显然狼群
只用长嗥驱赶落日

问题是霜冻来了
草都回到梦中,只有雪豹仍
在裸露的岩石上

他又能够看见什么?

或许就在眼前
静谧的呼吸打开青铜时代
秘密通道——
在那里我用心呵护的花朵
正热烈绽放

那时我已微醺

那时我已微醺。穿行于林间
小路发出的
沙沙声如一个旅人在雪夜
碾碎他的憧憬

可我并不认同这些
琐事比落叶多,比鸟声更绵长
或者像一种
季节之外的归隐……他用笨拙的手
梳理羽毛,和一些
谁也无法留住的花期

泻满大地的水

其实他应该活得比鱼王长。
但是,比经验更令人沮丧的是这次鱼
如愿以偿。因为鱼让
他葬身在鱼腹时他还不明白,其实
鱼早就等待这一天了。
等他肚里的鱼开口说话,
要让时光倒流,让泻满大地的水
重新回到水中。

所以那天他右眼跳个不停
原本他是不打算出门的,可是那天
经不住劝……一个
月光融融之夜他在河里垂钓
巨大的鱼上钩了
有人说这是鱼王——
就这样,这条鱼用自己的方式
让他葬身在鱼腹。

浓雾即将消逝

混沌之后你又将看见
什么？千万次，或者什么也看不见
被胁迫的大鸟落在了
风口浪尖

这即是神话的归属感
抗拒遗忘……幻想的花瓣或者
以火葬的方式融为一体
顷刻间
水浪沿着危崖攀升的节奏
格外明朗

请不要抱怨他吧。风暴
底色愈沉郁，则世界愈小。生命
还原为葱绿。让藤蔓在
恍惚中云开日出

马兰花的忧伤

不仅如此。也说明
记忆镶嵌的宝石,以及花边新闻
都在饥饿中诞生
他的苦痛比岩石坚硬,却比
时间柔软

所以他是幸运的
经过打磨,圆润的爱情凸显
异乡的质地
和马兰花的忧伤

或许并没看见
那些异乡人,那些枯萎的
思想在奔突中

都回到了原处
就回到原处吧
此刻,深渊只代表深渊

我拥有整个冬天

似乎暖冬,却不是。沿着
秘籍路径我来到岩石旁。高大的
岩石惊愕,意想不到
的事刚刚发生——
其实该发生的都已经发生了
没有人在意这些
那么多脚步匆忙,不关他人事
只记住自己的痛
和幸福。都与他人无关

眼前我拥有整个冬天
在第一场大雪之后。树都裸露着
像无家可归的人
多么无奈,又多么耐心
等待另一场雪
把这些痕迹清空,归零。也即意味着
出发点是对的
至于其他,没有人会告诉我
它们最后的归宿

我曾经是我的影子

我曾经是我的影子,并活在
时光隧道里
像一个愤怒的人攥紧拳头

因此没有人会看见一棵树
如何回忆
从前和未来的一些日子
都将化为乌有。而树站在那里

听见有人呼喊他就知道
要下雪了
冬天的雪仿佛
恋人在夜幕中透出亮光

与一朵莲对视

界　限

看见或者看不见
其实都一样。只不过是轻与重
的界限

梨树开花了，尖叫
在平衡木上玩他的游戏

清理旧物时残笺
发黄的字句是另一场灾难
带着剑伤

他体验蹦极
他清楚有时目光
也能虚拟真实场景就像
高速旋转的陀螺
静止不动

止　水

云忽然被目光
追堵若垂天之翼。
它成为浮雕的一部分，互动且
不断收缩。
在冬季只听见衰草
孤单的絮语
曾经也是那些湮没的铜兽。
马刺叮当作响，
并不在意什么呀！飞翔
的肢体语言，轰鸣声持续洞彻
苦难之心
究竟还能够坚持多久？
而这时
万物对此置若罔闻。

别　离

不说前路山高水长
不说泪是咸的，梦是苦的
不说这一去——

没有归期啊！但我
抑制住泪水，抑止梦不再朝外
生长……这经年之痛
都交予时间吧

就像一声叹息
在等待中地老天荒。而爱
依旧善待他

纵然这样，也不说
看哪，我的梦比爱忧伤

显　灵

一些人消失了，另一些
走在还乡的路上
关于来生我不想说什么，不想
在空寂的山谷
看黄昏美艳的样子

日出时
另一个人凸显雨季
响起的钟声
把神圣带给我以免丢失的
部分回不到从前

只想等你来啊
聆听清泉。山风围绕你沉郁
好让花开的声音充满
童贞

迷 雾

虚拟中火车脱轨的
细节被隐藏
灌木丛延伸进入谷底像蚂蟥
在我的体内膨胀

这玩意儿疏密有致
倾心花朵？抑或在表面上
完成大逃亡

一把弓的倒影凸显
锯木厂，这瘾君子的天堂
缀满了黑色浆果

存在感缘于疏离
之后的疼痛。在大幕开启前
所有困惑都来自想象
的绝缘体

像命运盛开的那部分皆是
黄鸭领地

吹　拂

径直往前走，天光幽暗
每一滴水都有兴致
这是我从前没遇见过的。也不会看见
绿叶遮蔽中
闪烁的狗尾巴草为
土地默哀

其实离冬天还远着呢
现在草刚开始写他的遗嘱
是托付，也有模糊的爱
就像眷恋
在大雪到来之前让心事
冬眠

进入恋曲
和岑寂的山谷。迎接
黎明前黑色森林编织的神话
多么沉重啊！这一隅
释放
你又在等待什么？

可风从未停止过

对于这一棵草,心怀旧

梦者依然只

看见了风……那些细小的风

让色彩盈满泪珠

空 船

在老渡口,芦苇花迎风
起舞
百米之外的一只鹭鸶
看见了他

花斑岩静默着。水中的倒影
享有自主权

这生存法则或者
被强力带走
若墓穴。其他的人都在
等待中老去

唯轻风和叹息
人去船空……仅剩下芦苇和
他枯瘦的背影

繁　花

这之后的热烈也都
归于寂静

风来了又逝于林年年
如此

花开花落隐于心
空旷中款款舞动的蝶

背对光,她的
影子修长若鱼在摆尾

落尽荣华之后
空白处一朵花对着天空
若有所思

饮马歌

瑟瑟秋风拂去人间
冷暖
皆是国魂忠骨啊

大漠孤烟直。即便如此
箭矢声犹在

战马嘶嘶犹在
惊飞的夜鸟从梦中
呼喊他的名字

故国啊,唯万里江山
叠彩耸翠
也尽是英雄豪杰
穿越的时空

而那些驰骋疆场的马呀
横扫
大地一片苍茫

归来者

从牧场东边斜插过来的
小黄狗跟着主人
跳广场舞

它跳啊跳,灰烬
在晨曦中,在恍惚的桦树上
悬挂着一颗大脑袋

请不要惊动他们吧
不要用卑劣作为谋生手段

也不要悄悄靠近
在梦中他是一出戏的主角
动辄就链接

秘密通道。可是现在他
却宽恕了无知

远与近

相对而言蜘蛛网
的秘密是公开的。下弦月在
枯井里休眠

他把木牛装进笔管
像导火索
被最终楔入的焰火。而翠鸟
尖喙正雕琢铜版
的黑色岩壁

也用褪色的相思
开垦绿洲。用犁铧切割
纵横天下的纹理
钤进玉玺

朝向祖先的宗庙——
但荒芜处,那些画眉说着谁也
听不懂的鸟话

我仅相信这些。相信鸟
有鸟的机理

葵花梦

黄褐色沙丘上葵花
把目光翻转
在六月和沙粒一起被
静穆书写

疏密有致呀
时光运行的高台，光匀速
铺展……这碎影
迷魂阵摇动

进入了梦乡
沙之上有一朵葵花相伴
是幸福的

盛开在遗忘里
张灯结彩。也被她无边的
旷达所浸淫——
这就是
我埋藏心中的秘密

明月夜

蒲公英透出亮色
若瀑布的回声
宁静而悠远。我所希望看见的
场景不断凸显

在记忆中有一股
力量奔突,穿过岁月
的幽梦

松涛自高处涌来
若隐若现
仿佛在寻找一种情怀

而延长的月影在
山谷婆娑……现在宁静的
草地上露珠
正用银色耳朵谛听

飞鸟帖

水道略有改变
左岸土丘上的芨芨草
摇晃着记忆

在枯黄的晚秋
有些飞鸟留下来等南边
蓄满雨水

本是一种策应
当韵脚起伏,像水浪
沿明月游移

他的孤独。奇迹来自多年
颐养的习性
和尊严。就唤醒

早逝的童年吧
蓝狐……宝瓶碎裂所
隐含的强光

只是看见一群归雁

隆起
幻听之人一贫如洗

也并非厄运。好像看见有谁
在那里哭泣?

出于好奇,我停了下来
打探尘封的秘密

从前诔

一

不曾记得,也不会
遗忘。从前的脚步太匆匆
没来得及想就

全都消失了那么
干净

从前懵懂的光总是
抛下点什么

二

草木有情。但他的命
被铺排
似乎有一种超视距的怅然
在他的命里
小青虫扑向烛火
裸露的河床被风填满

三

你必死。他说
时间已经不多了，相同的
走向……万物都将
回到泥土

能够留下的，时间
犒赏他
抹去脚印，和一些谁都
猜不出的秘密

四

那么轻。皆为浮云
他的过往在
草尖上，看似简单

却如万花筒一般
扑朔迷离

之后的蝉
在月光里蠕动，满是一场雪
的忧伤

想起旧事

墙壁上的蜘蛛和

蛙声经风的雕琢与静默

融为了一体

看不见幻影

但迷宫里那些山雀惊诧

他的无知

并且,连一片枯叶都没看见

弯刀握在手中

这脆弱的护栏和灯塔

都被风腐蚀了

岁月依然静静流淌

玫瑰色天空

滚石从山顶落下,像雷霆

最初的轰鸣

听见响板

音符来自
带露的石头。它湿漉漉的
高过记忆。请别
相信那么多水都已经
干涸

在黑色遗忘中。
而高空,一支响翎穿过云层。
不再朝土地回望——

它凝视多么像草原石人。
只见时间之水
满溢在群山和大漠中
汇聚人心。

所以空阔也是它本身的光
缀满了金色花边

黄昏牧人

西天山的玫瑰云她打开
在语言里

内心舒展。或者在
草叶的梦中

洪水摧毁了年轮
但另一侧乌鸦呱呱地叫

宛如教堂的钟声
传播越远,就越沉寂

草原上
牧人是夕阳里的花朵
忧郁而圣洁

也会看见酥油草、党参
粉红色灯笼
噙满野骆驼的迷茫

冬日午后

几枚黄叶表明
他们也曾热烈过。就算是
残缺的爱吧

在清癯中拓展
梦魇,和我刚刚离开的
小木屋

门前零乱的衰草微颤
若哑语

迎着光体恤我未曾说出的
秘密
但寒鸦凛然

大地上那么多残缺都将
折回来
重新开始

打开的秘籍

水波扬起的鸢尾花
沉思。抑或把清凉的花瓣
拓印在古陶上

进入盛花期
之后的蕊如涟漪
轻漾。在梦中紫蝶用

飞扬的翅膀,缓慢颤动
如丝竹声

绿萝攀升时云雀带着
黄金的羽毛
打开
并把闪电摄入其中

雷霆只是幻觉
制造的疼痛。背负青天
播撒甘露和原初
的奥义

在静谧中接近

忽然到来的一片叶子
颤动。月光下
风的颜色……在静谧中接近
像一只山猫
就把静默交还给静默吧

或者根据时辰游移刻录
冷艳的光碟
汇聚目光和灰烬里的盐
聆听季节摇曳
的梦幻曲。可她的影子倒立

如歌谣
被一次次放大——
请记住这些吧！水流充盈的土地
也曾有过忧伤

并不带走什么啊
只是，静夜就像曾经的倒影在
水中轻轻呼吸

与一朵莲对视

并不是一直
在看你。雨季还没有来
只看见燕子
用尾翼剪断了浮云

淡紫色抑或
粉白花朵像梦一样隆起
秘密

也曾在莲花中打坐
浮游,你细小的味蕾铺展
与想象在一起

也不必再说什么了
绿风总是环绕你未知的部分
散落在莲叶上若闪亮
的灯塔

生命树

一

岩石之上一群羊跪拜
用它的眼诉说
往事——
在时间册页上，古生物开始显灵
用月光呼吸，也把生命
推向辽阔

二

福音降临了。空谷延续
灵魂被反复淬炼
很显然，时空的背面有夜鸟
呼喊他的名字
也凌越于雪峰之上
朝外辐射

三

静默中或许没有人

会用他的耳朵取暖,但高空
闪电以大地的名义
呼吸——
那瞬间的爆发若雷霆
汇聚力量

四

和那些泪都表明
世界并不太平。思想的冲突来自
陌生、愚昧和贪婪
终将落入地狱
一些人罪孽深重,如黑色河流
所承载的全部阴影
无处可逃。也沉入虚空

五

塔松沉入它的睡眠
在梦中呓语,古铜色躯干
被遗忘裹挟。但光线
刺痛的眼睛
没有回声,只是在山谷里打开了
年代久远的图册

六

或许你是对的。狼烟遍地
相较于黑旋风挺直
腰板也就是对大地说我们已经
回到从前。岩壁上
生殖图腾展示了远古文明
人类的谱系
在更宽广的水域奔涌
蓝色迷宫
在我眼前绽放光明

七

但荒原以它的辽阔开启
时间的车轮滚滚向前,延续着
命运之舟,红蜻蜓
硕大的眼把落叶握紧——

想象在蓝光中生成
并以闪电的速度击打暗夜
用力攀升
又坠落在冰谷。这意外的惊喜是
种子发出的声音

八

从沙粒中隆起,迎着风
所能够带来的呼吸皆在无言中
放大自己。青春继续
朝前是一座老磨坊
在冰凉月光下……他警示我
在岩壁上
保持足够能量

九

积雨云不断压低
在更远的旷野放下辎重
比落叶慢。比我走得更远——

影子开花了
之后那些黑色浆果都是他们的
眼睛。也说明
必然是雨水充沛的年景

十

我逃进洞穴
一群蚂蚁正在搬家

听从蚁王调遣,更多的蚂蚁用
肉身搭建桥梁
在溪水之上捍卫悲壮
勇士的尊严
而我在洞穴冬眠
的姿势摇荡了整个岁月

十一

岩石上壁画
因时间而隐藏至今。并且——
那绛红色花岗岩
交媾是一个开放话题

……盘羊奔跑,马鹿用
激情温暖自己
夜间猫头鹰完成了
古老神话

十二

远处磷火忽闪
它明灭有致就像霓虹灯的
节奏。寒风掠过河面
红柳丛下

野鸭把它的梦不断裹紧——

起初我以为他死了
两眼紧闭,一动不动
若僵尸一般。显然这情形也
意味着明天艰难

十三

借风势攀缘的鸟都是
精灵。比如黑星鹰、金雕和红隼
我叫不出名字的
鸟之王在云端铺展垂天之翼
思绪不断延伸
或者放大把它的谱系
种植在迷宫里
而那时我用山谷的指令把
春天唤醒

十四

也曾迷失过
在空中宣读他的誓言。但那时
石头开花了,花楸树
的尾音暗示一个伟大时代的

终结。也说明

我依偎的花朵盛开
在某一季,她是她自己的影子
裸露忧伤和我
忽然想起的那个名字

十五

海底捞月本来也是
我曾经的功课。比如在山谷里
棕熊被蜂蜜陶醉
并把它的耳朵贴在岩石上
暴晒。而太阳开始
羞涩起来,轻挠它的后背
任水不断淘洗

十六

这是我导演的哑剧
那时天空泛着黑光——
云也是黑的。还有黑太阳
古老的神话
种植树颠……我想这原本都是
梦中情节,也意味着

最初的想象可以
进入一个人的忧伤

十七

都开始收割了，燕麦
已在星光下发出它的邀请
令我向往的是
人间冷暖正在被人体恤若
一种色彩。其实

我也是无辜的。但昨天
时序向空阔迈进
万物归于静默……之后的场景
因虚拟而生动

十八

而白天鹅的故乡，青草
在晨曦中舒展
我默诵着，远古神话已呈现
它的色泽是黄金的

光亮。对于郊游
围猎的队伍前行，而王子

用长剑激励将士们：
江山是打出来的——

惟懦夫竖起他的耳朵
……所以即使到现在，我依然
不知道其中的奥秘

十九

旌旗猎猎。山谷用
最初的礼仪欢迎他们
缓行的队伍停下来，布阵也
是为了操练筋骨

只为大快朵颐，野味——
那些逃亡的黄羊、牦牛和马鹿
都是他的盛宴
而远处悲伤布满夜空

二十

静默完成它的
传奇。警报声还在延续
这尖厉的声音忽闪
着沉入夜幕

我不能放弃,大地上
一些往事浮起
如风中落叶游离于天地间

并且,同样的声音也在
切割时空

二十一

而乌鸦在树丫上
鸣叫——这黑色预言家
以沉积的秋色占卜
它微启的眼睑是黄昏
松果的颜色
在暮霭之上眺望
而我更加看重的是午夜能够
发出什么声音

二十二

童心抵近。季风
在他头顶撒开一张大网
花朵绽开在午夜
接受晨露洗礼
我看见那些红叶多么

热烈,又在季节深处等候
命运降临
黎明发出了邀请

就像枝头的醋栗,它的梦
让白露沁透肌肤

二十三

行走在空旷中,我用
风的絮语吟诵古诗。也用石头
把它的低音射向高空
这仪式代表着
远古通行的象形文字都以
独特方法保存至今
并且沿着秘密通道抵达
迷宫

二十四

所以白天鹅回来了
在这片湿地上,悠悠信步
仿佛故乡的湖泊
碧水与天空连在一起
还有苍鹭、攀雀、红脚鹬

成群的蓑羽鹤

都被空阔和宁静所吸引

好像回到梦中

……在那里,月光打开尾翼

万物呈现安详

二十五

马兰花盛开的时候我

回到草原——

阳光如此妩媚,仿佛一只手

把清风揽在怀中

而湿地上群鸟斑驳的

翅膀不断侵入

密密匝匝若涌起的潮汐

在视线里

都是澎湃的激情

所以这些鸟

以密集的语言把整个

进程载入史册

二十六

可以肯定的是昨天

并非我的错。好久没下雨了

草愈加枯黄——
那时你好像也在想
今年,我们还有多少收成?

情况或许就会好转
但我记住了疼痛有时也是
福祉
就像暴风雪之后,即预示着
来年五谷丰登

二十七

你能打开自己吗?
我知道这也是你的宿命
进入深秋
为何落叶还是定格
在空中?

可是现在没有人会关心
这些,没有人把
他的记忆同
苦难联系在一起
我想,就顺其自然吧
何必苦口婆心

二十八

岩石上的耳朵
垂直于黄褐色苔藓中与
云发生共鸣

他掩饰蛛丝马迹
又被乌鸦啄食。不老松下一群
蚂蚁正在鏖战
便注定了他的命运

二十九

古老传说里神兽用
威仪开疆拓土

也返回洞穴眺望
黑色云层卷起的长蛇阵

都舞动起来了
金色鳞片一直铺到天边

因此我愿意回到我的故乡
火烧云,以及

闪电划过的伤口
或者引申为我卷曲的舌头

没有风,只有绿色屏障
把光注入其中

三十

在岩石上停留,秃鹫的
翅膀呈火焰状
它窥视人类残留的血迹,并用
强风横扫

也即是一种姿态,风暴中
森林不断晃动颅骨
若磷火明灭起伏。但秃鹫却
开心地大笑

三十一

一切都在不言中。这时
静默把它的绿色眼睛置于树梢
马蹄铁的磁场在
最后时刻
开始呼叫。阴冷的风继续

亿万支箭镞射向苍穹

类人猿的啼哭
都进入了原始状态
山神降临
光华之上布满晶莹的露珠
我紧随如虔诚者

三十二

鸟在风中盘旋
它踟蹰于遗忘，云的倒影所
剥离的呼吸
显然森林只看见了自己
在静默中怀念
忘忧草
但现在人们丰衣足食
疼痛
带给我的丰盈也显示出
雨所经历的过程
所以天光依旧在它的眉宇间
瞭望并用
大爱开辟沉睡的疆土

三十三

他在风中眺望
流水穿过季节比时间更明亮
淡淡的花香
若一次拥抱也
注定比记忆更久远

我隐藏其中
所不同的是风也不会让
他感到安宁
这季节大地饥渴——
没有人可以回到从前

三十四

绿头鸭沉于梦中
等待一次风暴,和黑色闪电
深渊告诫岩石
黑星鹰还在持续爬高
在夜幕中预言,或者也会让
风景植入
内心。所以我不想再去
打开幽深的洞窟
显然这疏朗

的星辰也将抓住他的尾巴

三十五

北风穿过湖泊,芦花
在沉思中竖起灰褐色小旗——
青铜的颜色
是套马索在空中开启的旅程
没有结局。也没有
把最初的爱命名为风铃
便意味着荒芜
也将簇拥温暖。或者就让
冬天回到他的梦里
并不触及什么,却看见了一只
草原鼠在风中张望

三十六

于是我回到我的巢穴
回到原始森林
茫茫苍穹……这神秘之地
在想象里完成
刽子手,棕熊竖起的绿色耳朵

倒挂枝头的蝙蝠

用紊乱的思绪推理山谷
尽在不言中
而苍茫也铸就了它遒劲
的风骨

三十七

但那时花楸树在
孤独中进入她的盛年。进入
殿堂以及风
打开的另一扇门
而花楸树依旧楚楚动人

三十八

或者也会沉默。也会
在下一个雨季用思念取暖
村庄发出微光
若星子眨着诡谲的眼
延续至今

它可能遇见了魔咒,仿佛在风中
聚集潜能。等待黎明
即是它每天必修的功课
所以秃岭上

落满了哀鸿……但密集的雪
还在下着,下着……

三十九

从岩石上掠过的
声音如闪电
夜空,这金蛇吐着信子
在它的视线里
沉湎。有时也会骤然醒来
若惊弓之鸟——
没有疼痛,甚至也没有
受伤的记忆
水还在
流淌。冬天就要来了
有人说,这个夜晚其实你
什么也没看见

亚楠

本名王亚楠,祖籍浙江。中国作协会员、中国散文诗研究会副会长、新疆作协副主席、伊犁州作协主席。

1984年开始文学创作,先后在《人民文学》《诗刊》《十月》《钟山》《上海文学》《星星》等刊物发表作品200余万字。

获新疆第三届"天山文艺奖"及《中国作家》《星星》《西部》《散文诗》《芳草》《诗潮》等刊物举办的诗歌、散文诗奖项。

主要作品

《远行》

《落花无眠》

《南方北方》

《在天边放牧云朵》

《记忆追寻我》

《白驼》

……